痞狗

Underdog Years: I would prefer not can do.

沐羽 著

座右銘：「今天我甚麼都不要想，今天我只要開心就好。」

——彼得・漢德克

難道把中產階級文化當作異國情調去享受也不可能嗎？

——羅蘭・巴特

推薦序

無賴，邊界，時代的底部

張惠菁（作家）

幾年前讀到沐羽的小說的時候，頗有一種「天哪，這人是從哪裡來的」之感。在那些文字的背後，很明顯是個極有閱讀眼界的人，出手就不一般。這有點像是看到精靈芙莉蓮去參加一級魔法使考試，在一群考生當中，她散發的氣場像個「幹練的老魔法使」。讀沐羽的小說有這樣的感覺，而他分明還很年輕。《煙街》出版後連得大獎。後來又常讀到沐羽寫的評論，也是極為不俗。

於是不免就想：啊，不愧是香港。那個見過世面，積累深厚的香港。

但當然，不只是香港。或者更進一步說，香港不只是我們刻板印象的香港。沐羽在〈H.K. State of Mind〉這篇當中，探討了「什麼是香港或香港精神」。一般而言我們定義一座城市，會看住在那裡的人（在台灣式的定義裡，或許加上回那裡投票的人）。但是當今香港，因為特殊的緣由，定義這座城市的不只是留下的人，還有離開的人。邊界已被打開，加上了離去的向量，人群流動，「香港」不只是一個城市，也是許多人與他們離開後抵達的他方。在沐羽眼中，被帶著走的香港精神，最重要的根底不是菁英文化，而是七、八〇年代經濟生產的裝配流動性，與文化的雜種，到了新的環境，還將持續發明自己。

沐羽的這本散文集，就有這種邊界變動的眼界。雖然他的大量閱讀，已經有可能讓他看起來像個「幹練的老魔法使」，但是這本散文集洩漏的真正絕活，是他那認得邊界變動、空隙浮現的眼界。不只他在〈H.K. State of Mind〉裡描寫香港的邊界變動。這本散文集中有三篇文論，分別分析三位作家（昆德拉、莎娣．史密斯、駱以軍），也有這樣的況味：這三位分別從哪裡起手，在哪裡撞到了變動的邊界，他看得分明仔細。〈隔間狗屁〉、〈搞掂收工〉裡，有資本主義社會和自我的邊界。〈斷裂常識〉（這篇很精彩）裡，有一些人總想把「常識」推過來套到他人身上，沐羽很chill地認出那推動邊界佔地的企圖、很chill地把那些企圖推離，讓「常識」的裂縫顯露。

這些文章中透露出一種不太馴服的看見，足以讓讀者如我警醒，自己日常順服與按下不表的是些什麼。沐羽的語言中所流露的情緒是低限的。他稱自己為無賴，又稱無賴在二十一世紀香港的政治裡成了痞狗（underdog）。〈作為散文〉某種程度回答了「這人是從哪裡來的」這個問題。抽菸的，喝啤酒的，在天橋上撒尿的，搭火車跨越西伯利亞的，創作始於詩歌的沐羽。雨傘運動，台灣，二〇一九年的香港。昆德拉《生活在他方》裡的詩人，在革命的季節裡寫抒情詩。沐羽不同。沐羽生在這個時代，看見各種裂解和重組，他不輕易抒情，不寫太多個人生平故事。但作為無賴與痞狗而寫出的這些文章，有一種比較深，比較收的感性，比「抒情」更靠近時代的底部。

對於這樣的感性，我感到敬意。

推薦序

誰說發憤要抒情

唐捐（作家）

你發憤以抒情，我偏發憤而不抒情。人人都在比賽招供，但我不想加入。

這就是沐羽的散文，像《陰翳禮讚》、《摩滅之賦》、《疾病的隱喻》那樣，深知而博識，既有緜密的體驗，又博引諸家且善於融貫，時常給人一種「判斷力」打擊出去的快感。創造力起於困惑與懷疑，終於下了管它去死的決心，捨去說好的那種慣性，施展自己的性情、才情、腔調。根據在〈作為散文〉一章的線索，沐羽這本不像散文集的散文集，就是這樣來的。

現代抒情散文更加親緣於盧梭的懺悔錄，而不是蒙田的嘗試文，與中國古老的抒情詩體製沒太多干係。問題是懺悔錄也可以演變成私小說，而未必是濃得化不開的抒情文。——我想再說一下，抒情在散文裡沒有優位性。——敘述、議論、著述，詩之所難能，恰為散文之所良能。——抒情詩不談虛構，只有敘述文才有需要。

沐羽的散文裡，照樣「有我」——讀小說的我、佔著屎缺的我、香港來的我、有個老闆愛講德勒茲的我、作為無恥之徒的我。這個「我」串連了各篇的情調與思想，為各種經驗與材料之總負責人。但比起所謂抒情散文，沐羽的「我」在文章裡演出的戲份並不算多，時常跑出來過過場，就「退隱」了。比方說在〈解剖城市〉一章裡，稍稍拋出我的經驗，不久便跑去閒談美國郊區、格狀規劃、敘事曲線，再從別人的小說切回自己的經驗……

「我」從演員變成導演，從「我是」變成「我思」。在兩端間自由切換，而後者所佔的比例達七、八成。這種筆法接近於魯迅的〈病後雜談〉。重點不在我經歷過什麼，感覺如何，而在我讀到、想到的內容。但「我是」分量雖少，卻有極重要的功能。知識很有用卻是枯乾的，判斷力才是溫熱的。我們讀散文，相當程度上也在追躡這個能夠做判斷的，有個性的主體。

在文章開頭處「說我」，具有確立個人筆調的功能。像〈隔間狗屁〉講他自己大三打工實習，才認識辦公室空間的奧義。到了〈搞掂收工〉，又在一根菸的協助下，參悟到為甚麼收工和放工是同義詞……雖然只有潦潦數筆，卻成功建構出一個頹廢自在、隨混而安、渣氣逼人的說話主體——那就是人生鬥場中的一員痞狗。接著再聽「我說」，便有了不同凡響的聲調氣韻。

有人說，散文家若非自戀，就是暴露狂。沐羽不賣這樣的膏藥，他在相當程度上，是反浪漫的。於是西伯利亞鐵道經驗，因為無情可抒，只好從預想中的散文改為小說，以便「用虛構來掩飾無情」。沐羽認為：「情緒有它的作用，但沒有暴露的必要。」事實上，小說是編織，散文又何嘗不是編織。只是小說以情節為梭，別人的散文常以情緒，沐羽則以「情緒以外」的東西。

對於敘事的奧祕，沐羽知道得比我們多，這本散文集多番操演了對於小說與現實世界的解剖。在〈解剖城市〉一章裡，他精巧的把空間性的「格狀規劃」拿來跟時間性的「老套敘事」進行類比。在〈常識斷裂〉一章裡，他問到個體能否不活在常識裡，共同認知的闕如將如何造成溝通的困難。在〈故事貨幣〉裡，則藉由凱磊的〈忽然一陣敲門聲〉起興，描述世界隨時像個不速之客，在向我索要一個故事。——至此，我們已經發現，沐羽的散文彷彿是他讀到的小說名篇的再創作，小說是世界的縮影，生活是小說的實踐，雖然並不完美……

說這是一本談論小說的散文集，又有何不可呢？假如散文對寫作者的意義是生活的真實，那麼閱讀與詮釋也是生活的重要構成。小說，打開了看待生活的一雙眼，沐羽用自己的靈心慧性解讀小說，同時也用從小說學到的觀念來解讀這個世界。從〈敘事暴君〉、〈喜劇頹傾〉到〈故事接龍〉，連續三章暢談小說的藝術與哲學，其中有理論的消融與發揮，也有自己獨門的省思，而對「歇斯底里寫實主義」的發揮尤其迷人。

沐羽也解讀我們臺灣三十年來最引發關注的創作案例。他指出，駱以軍將無數故事捶壓進小說這個文體中，前文後理被抒情性搗糊在一起，使它看起來像是德勒茲所說的「機器」，然而其實……。這樣的話題有點艱難，沐羽居然講得生龍活虎，自成一套詮釋。據說這個章節改寫自碩士論文，然則壯遊是散文，上班是散文，在酒吧裡哈拉是散文，在學院裡搞出一組通關密語也是散文了。

散文本來就是著述或扯淡的工具，不抒情以後，宇宙依然無窮。

跟閱讀《煙街》的感受一樣，這本集子也有許多屬於香港的獨特氣質與記憶，最為集中的表現見於〈H. K. State of Mind〉一章。這完全是一篇「嘗試文」，在原有的香港概念被嚴重破壞與磨滅之際，從一場涉及文學創作與語言保育的座談說起，描繪一種「沒有中心，沒有邊緣，沒有實境，沒有飄浮」的處境。沉重而複雜的問題當然不會有簡單的解答，但沐羽提出了個體藉由文學創作成為「驛站」的可能，並且加以實踐。

痞狗雖然不跟我們掏心掏肺，但牠直面課題，沒興致跟讀者委蛇委蛇。牠在百敗無奈中練出一種筆調，看似屁話連篇，靈光卻有如飛沙走石。從政治現實與職場世故中痞出來的小智慧，使牠金句連發：「現代辦公室就是個捕獸夾，就算知道原理，難保不會受傷。」「這就是崇高，汽車就是我們城市的自由意志，而我們是在自由意志裡側漏出來的憤青。」「歷史是甚麼，歷史就是等一個開慢車的阿伯出現，並在等候時盡可能地閱讀與寫作……」

世間絕大部分的散文都長得很像散文，因為他們都是「我」寫的。

但我們也可以說，繫在同一個名下的篇章合力經營出一個「我」。沐羽散文裡的我，在說話腔調上，跟他的小說保有不少一致性，但也展露出額外的思維成份與感受肌理。大部分小說家的散文都很保守，因為他們已擁有小說這種神奇的工具，寫散文時就想安分點。沐羽一邊寫散文，一邊反思散文的文體本質，因而格外具有冒險精神。下次假如有人問我，散文減掉抒情剩下什麼？我就說，沐羽。

（二〇二四年一月二十九日于臺大中文系第三研究室）

UNDERDOG
wouldprefernotcando

目次

① 隔間狗屁

大三那年暑假，二〇一五年，我接了份暑期實習。其實那時沒想過去打工，但學系要求我們實習過才能畢業，那就好吧，我心不甘情不願地比同學們晚了投履歷出去，結果今日你聽過的媒體比如《立場新聞》啦、獨立媒體啦、香港文學館啦、《字花》啦，全都聘到我同學了，我還是兩手空空。最後我亂投履歷去了一家政府轄下的非牟利大廈工作，那是一棟十層樓的青年中心，每天看些未滿十八歲（通常未滿十歲）的小孩亂跑。我負責慢慢走過去，叫他們安靜點，這裡還有人想安安靜靜睡覺和打手遊呢。

如果你想知道甚麼是狗屁工作（Bullshit Jobs）的話，這就是了。這鬼地方離我家兩小時車程，我每天九點準時來到辦公室打卡，打開Email確定一如既往空空如也。其後我開始剪報，主管交給我的任務是每天去搜尋一下有沒有媒體報導過這棟建築，想當然不可能有，於是她就叫我印些有意義的新聞出來湊成一份文件。就我所知直到我離職那天她都沒看過。

早上搞定這事後，十一點我會跟實習同事們巡邏這十層，意思是先到地下抽根煙轉兩場珠，然後散步到中午，吃完午餐後回到位子上打手遊，偶爾看看書。可能會有電郵吧，但急件不會寄給我，我隔天再看。那個暑假，我賺得比所有同學都多，我拿錢去刺了兩個青，左手右手。

畢業後我陸陸續續去過不同辦公室，能接受兩手刺青的工作也不會正經到哪去，於是通常不會像這個青年中心一樣全是隔間，大部分是一張桌子坐四到六個人。而這些工作也沒有餘裕能花錢請你剪報，你得把皮繃緊每天準備解決一大堆麻煩，小至回信說收到，大至幾百萬的補助，全部人都得擰成一團把工作搞得像解謎遊戲。這些公司講求ＫＰＩ，講求效率，又或如我有位老闆常掛在嘴邊的口頭禪：「這有甚麼意義嗎？值不值得？」我也不算很知道，但是以適當的效率去執行老闆的意志（意義）就等於工作的目的。以上大概就是我這十年來學習到的事。

—

關於效率，沒有比在實習時期待過的辦公隔間更有代表性了。那時我擠在一個小空間裡，前後左面都是隔板，右邊剛好是面牆的走道，主管坐在我後面可以隨時站起來看我有沒有在好好工作。但由於我沒有任何工作，每當聽到她站起來時我就假裝檢查Email。廣東話叫這扮工，相信是我所有同齡朋友共有的經驗。社會學者薩瓦爾（Nikil Saval）的著作《隔間》（*Cubed: A Secret History of the Workplace*）研究的，就是這個分隔人類的狗屎是怎樣誕生的。

辦公室的歷史能回溯到近代的記帳房，一直到十九世紀在美國漸漸成型，並在一九五〇年代迎來了爆發期：戰後、嬰兒潮、摩天大廈、八〇年代經濟奇蹟等等，當然最重要的是白領征服了藍領，大家都不想去工廠勞動，同時又想去管勞動的人，白領的黃金年代從此誕生。在美劇《廣告狂人》（*Mad Men*）裡就能略窺一二。

不過早在二十世紀初期，辦公室文化早已萌芽，包括辦公室政治啦、為了升職弄小動作啦、各自搞小圈子講壞話又一起討厭老闆等等，全都是辦公室的悠久傳統。有人的地方就有江湖，有江湖的地方就有傷患，原來再早一點點，十九世紀各地的記帳房早已催生出坐骨神經痛、近視、精神衰弱等問題，當然還催生出不想再打工了的《白鯨記》和《錄事巴托比》。後來，《隔間》就記載了一個名為普羅帕斯特（Robert Propst）的發明家想要改善辦公室的痛苦狀況，而他提出來的解決方案名為「行動式辦公室」（Action Office）。

讓我們來看看對於行動式辦公室的描述：「大部分的辦公室設計考慮的都是如何將員工固定在辦公位，而『行動式辦公室』考慮的卻是如何讓員工『運動』起來。普羅帕斯特多年來思考著人類環境改造學，他認為身體的運動有助於白領工人腦子的運動——那無休止的充滿創造力的腦子的運動，兩種運動旗鼓相當。『行動式辦公室』的廣告中，員工始終處於運動中；廣告裡的人們很少坐著，而即使坐著時，也展現出一種『隨時而起』的動態。」

聽起來是不是很棒？那我們來看看行動式辦公室的廣告（見左頁圖）：

由於版權問題，原版的行動式辦公室廣告無法收錄進本書中，為了解決這個問題，我找來了老友阿成進行了一場以物易物：啤酒換插畫。下文會再引用到的人類學家格雷伯說「以物易物」這個傳說是後來的經濟學家搞出來的，人類發明錢幣之前是不靠以物易物。這又有甚麼關係呢？我沒錢，而他正需要啤酒。人類在發明錢幣之前還不用去辦公室上班呢。不過很顯然阿成不太需要去辦公室上班，你們看看那裡還有個地球儀，上班跟地球儀應該是這世界上距離最遠的兩種東西了。

如果你是一個採購或財務部的主管，又或是在玩辦公室經營遊戲，你會怎樣處理這個設計？可想而知，首先不會有雜誌架，請努力工作不要偷懶。增加員工心情度的擺設放在辦公室中間輻射快樂度出去就夠了。還有擺放位置，怎麼可能會這樣浪費空間？其後，行動式辦公室的善意很快就被磨滅掉，成了一堆實用取向的直角，擺放方法如下頁圖：

阿成說要他用鉛筆一格一格地畫隔間實在是太bullshit了，於是他打開了3D軟體搞了個複製貼上。我也不是他老闆，只是個啤酒供應商，沒甚麼道理叫他回去做厭惡性工作。而且這才是上班和隔間的真正精神面貌：一式一樣，你在這上班也別妄想自己是個人了，人性從下班打卡後開始。

誰敢無緣無故站起來啊？

這玩意叫隔間農場（Cubicle Farm），我大概就是坐在左後方那種角落打手遊。在一九九八年時，光是美國就已經有四千萬人在這種「行動式辦公室」裡失去行動能力。普羅帕斯特說：「不是所有組織機構都足夠智慧和進步，許多庸人占著管理者的位置，他們只知道採購一模一樣的辦公設備和家具，然後打造出令人極其難受的環境。他們搞出了一些小得不得了的隔間，然後把人們塞進去。那是些毫無生氣，像老鼠洞一樣的地方啊……」說了這話兩年後他就死了，恭賀新禧。

這些老鼠洞所對應的是效率，如果玩過像《雙點醫院》（Two Point Hospital）等等的經營遊戲大概就能理解了：最便宜的成本、最少的時間、達到最大的效益。而辦公室也是如此，關於管理學最有名的就是泰勒（Frederick Taylor）的論述了，以最簡單的話來說，就是去算效率：「為了保證所有工人都能最快最有效地工作，他雇用了專人用秒錶給每個工人的每項操作計時。觀察結束後，泰勒對每項工作進行了分解，然後給分解後的每個模塊設定一個標準速度。」想想看你上班時主管在隔壁拿著秒錶，算你要在三分鐘內回覆一個電郵吧，前提是有這麼多電郵要回的話。

泰勒的做法並不只是為勞動進行細分，畢竟流水線早就發明了，兵馬俑和金字塔也是流水線蓋出來的。泰勒所做的，是讓雇員屈服在一個體系之下，而這個體系的目的是「強制地提高效率」。而這後來就衍生了管理層的出現，畢竟，如果沒人管理的話哪有員工想這麼慘呢。後來，為了妥善提高效率，出現了惡名昭彰的人力資源部（human resources），以及發現只管一味鞭策勞工會產生反效果後衍生出來的「同樂日」、員工旅遊、尾牙等等以為能夠維繫關係的東西。其實所有人只想回家躺平。

很多事情，其實都是管理階層的自說自話，甚至可以說是一廂情願。

隔間和效率是一脈相承的，以及所有管理層都想有自己的房間，方便在裡頭發號施令。然而，這就出現了一組矛盾：如果事實的確是這樣，為甚麼有那麼多人可以躲在隔間裡玩手遊上社交媒體發廢文？為甚麼效率至上的思維已經一百多年了，我們的工作還是這麼低效？當然，最主要的是：為甚麼我們那麼討厭上班？

——

上班是有意義的嗎？值不值得？我老闆問的這兩個問題剛好切中核心，說起來我這幾任老闆全部或多或少都碰過些哲學，總是能問到些上班本體論的問題，往往令員工們大惑不解。當然，上久了班就會慢慢摸索出自己的哲學，但對於職場新鮮人來說，這些問題就指向老闆本身。相信不少朋友都碰過就連他自己也不知道在幹嘛的管理層，就像我實習時的主管，令人不得不問出：到底你在管甚麼？

社會學家格雷伯（David Graeber）在二〇一三年時發表了一篇名為〈論狗屁工作現象〉（On the Phenomenon of Bullshit Jobs: A Work Rant）的文章，後來反應熱烈，Email都被炸爆了。導致他決定收集這些來信再加以思考，在二〇一八年時擴寫成《論狗屁工作》（*Bullshit Jobs: A Theory*）一書，專門探討這個現象。以書中的定義來說，狗屁工作即為「完全無謂，不必要或有危害，甚至連受雇者都沒辦法講出這份職務憑甚麼存在，但基於雇傭關係的條件卻覺得有必要假裝其實不然，這種有支薪的雇傭類型就叫狗屁工作。」

在這裡，有必要為「狗屁工作」（Bullshit Jobs）和「屎缺」（Shit Jobs）做個區分，屎缺是些爛工作，通常工資很低但是有意義的。比方說是出版社編輯，《隔間》一書更把出版業的屎況追溯到一九三〇年代：「圖書出版業比其他大部分辦公室環境來得惡劣，因為這裡培養出一種『虛假的高雅氣質，許多員工在這樣的氛圍中自我欺騙，看不清現實。』哪怕在此行業中『大部分辦公室員工的收入很糟糕，』並且『常常要免費加班』。」

屎缺是大家都認為、而且員工也自認為有意義的工作，而意義可以當飯吃，收入像我一樣通常不會太高。與此相反，狗屁工作卻可能賺得比較多——想想我在青年中心賺的錢比去做記者的同學還高——但完全沒有意義，而且對人身心造成損害。格雷伯為狗屁工作分了五類：幫閒（flunky）、打手（goon）、補漏人（duct taper）、打勾人（box ticker）、任務大師（taskmaster）。

以便理解，我們可以視這五類為：①大老闆直屬的五個祕書的第三或第四個，充場面用；②電話傳銷員或開Line群組的，煩別人用；③IT部那個看起來永遠沒睡飽那個，執屎用；④跑一堆莫名其妙業績的，充門面用；⑤叫你去剪報的，創造垃圾用。

我想最棒的例子莫過於我朋友M了。M有一個主管P，P在一家公司裡管一個空殼部門。這年頭空殼部門多得去了，各有各的意義和計算。正常來說這些部門是用來撈點錢或名利的，又或只是老闆忽發奇想覺得需要一整個部門來處理些雞毛蒜皮的小事。但P顯然沒有這方面的才能和思考，只決定要讓M忙得靠北來讓他的薪水值回票價，於是M在公司那一年憑空生出一些文件、造些假帳、幫主管和老闆擦一些沒有意義的屁股，比方說當他們對客戶亂說話後他就要去道歉、替植物澆水、掃地、補飲水機的水，對外還得宣稱這家公司多有意義，儘管M知道這裡根本甚麼事情都沒發生。最後他直接裸辭，我始終難忘他離職後連皮膚病都瞬間康復的樣子。

M顯然是個打手、補漏人與打勾人的垃圾remix，補一大堆漏，以及滿足老闆們莫名其妙的業績要求去打一堆勾。格雷伯說，補漏人很難不察覺自己在做狗屁工作，而且通常很憤怒，這就毋庸贅言了。「清潔是一項不可或缺的職能：東西僅僅放著就會積灰塵，平凡的生活起居也很難留下不需要整理的痕跡。不過，要是有人製造莫名其妙、不必要的髒亂，任誰來打掃都會火大。」補漏人通常都幹不久的，我也建議大家如果還在做白工的話，趕快辭職，世界很大，賺少一點也比花薪水去看心理醫生和物理治療好。

換言之，很多工作都是一場假扮的遊戲，比如說當我實習時，我假扮有在工作，主管假扮把任務分給我了，大家其實假扮的是這份工作是有意義的。比如說，M假扮自己勤於且熱愛工作，P假扮公司運行得很順利，大家假扮的是這個空殼部門是有意義的。管理，問題始終出於這個近兩百年來變得越來越僵化的詞，從行動式辦公室的願景壽終正寢這個案例裡，我們就能看見「在複雜組織裡，將管理主義的意識形態付諸實行，才產生了狗屁工作，跟資本主義本身無關。管理主義落地生根，隨之而來是一整批職員，他們的工作是維持管理主義的碟子轉個不停——策略、績效目標、稽核、檢討、考核、更新策略……」

這年頭民主政府要怎麼打仗呢？想想看你移動一台坦克時要填多少份文件吧，路線圖、應急路線圖（第一份是有用的，後面三份是業績用的）、士兵表單（最可能坐上去的小隊，第二隊可能的，排夠十隊）、燃油報表（不同公司要比對價格）、零件檢查（外包給狗屁公司做）、出發前打勾、抵達後打勾、打勾完要弄成Excel（不只一份，因應主管不一樣要調整格式與用詞）……想到這點就為那些填表的員工深感同情，他們通常是最希望核子戰爭的人，因為那樣他們就能從人生放工了。

——

當我研究所畢業後終於再次全職工作，以及跟不同開始投身職場的朋友聊過後，總會碰到一個問題：作為一個上班族，你是被買下了人、買下了技能、或是被買下了時間？由於來了台灣後身邊的朋友多為研究所同學，大家都老大不小臨近三十才第一次去上班，通常直觀的答案都是「被買下了時間」。但這個回答其實很可疑，因為時間是怎樣才能被買賣的？時間即是金錢？所以如果業績提早達標了，人還是得在辦公時間繼續假裝在工作，就是這個意思嗎？我去問他們，他們思考了一下，向我表示這就是正常而不盡完美的職場生態。

格雷伯描寫了這個怪異的現象：雇員的時間不是他自己的，而是屬於買下時間的人。只要他沒在工作，他就是在偷某種東西，而雇主為了那樣東西付了一大筆錢。根據這套邏輯，怠惰不是危險，怠惰是偷竊。

實在是罪大惡極了，管理層從這種觀念出發，讓所有人繼續坐在辦公室裡假裝他們有在做事。也許管理層都是傅柯（Michel Foucault）與巴特勒（Judith Butler）的逆向信徒，只要讓員工多多做事培養出做事的慣習，他們就會身心靈屈服於管理主義的規訓淫威。只不過，事實是所有人都會偷懶，沒有人在工作時不上社交媒體，並在下班前十分鐘才把工作上繳。《隔間》記載道：早在一九二〇年代，就有些科學家想研究燈光與工人效率之間的關係。研究的假設是這樣的：燈越亮，人越快。結果實驗的結果有時是燈光亮，工人效率差；有時是燈光暗，工人效率高。研究員們百思不得其解。

最後的結論是：當研究員看著工人時，工人的效率會變高。除此以外管他去死。

但深層次的問題其實是，工人被買下來的是技能與勞力，他們習慣的是間歇式的工作方式，就如季節，正常的人類工作模式是劇烈噴發能量，然後放鬆，再慢慢加速到下個密集階段。但管理層出現後，上班那十個小時都得按一個標準來做事，這違反人性本能。不過，「在十八世紀走向十九世紀的過程中，從英格蘭開始，舊時間歇的工作風格越來越被時人視為是某種社會問題。中間階級逐漸認為，窮人就是缺乏時間紀律才會是窮人；他們浪擲光陰那副渾不在乎的模樣，就跟他們把錢賭光時如出一轍。」

疫情過後，在家工作大幅激發了這種管理的恐懼，所有員工都在家工作而且順利達標，那主管們還能拿秒錶和燈光去算些甚麼呢？事實上，公司還是可以運行下去，反而是主管的意義沒有了，因為其實很多事情都是不需要管的。

在這種情況下，文化工作反而迸發出了生機，因為這些人首先有著

「虛假的高雅氣質，許多員工在這樣的氛圍中自我欺騙，看不清現實」、「大部分辦公室員工的收入很糟糕，常常免費加班」，因此他們的人生一分為二成了一組齒輪，讓個人生活與工作成為一組相互推進的機器。在疫情之前這種工作模式已經存在了，大多是記者，但現今由於辦公室的失能與主管階層的廢冗化，職員的動能反而在辦公室的弱化後被解放出來。這可以說是游牧與建制之間的動態關係，也能說是對管理主義比出的一根中指。工作的事情做完了，意義的滿足感得到了，隨後的時間我就躺平做我自己做的事，並在其中榨取一些專屬於我的意義。這些意義又能回歸到上班時需求的創意輸出，周而復始。

在二〇二二年年初，剛剛接手出版社工作的我在勉強追趕業績，那時一個月要同時出兩本書，但我實在是力有未逮，最後公司決定花錢找個實習生來幫我校對，開的是兩個月的全職價碼，我敢說以她大學一年級賺這個錢肯定也是全系第一了。但我實際操作時才發現，除了校對外我實在沒甚麼好交給她，畢竟我手上的工作全部黏成一坨，如果要交接還得花額外時間。價錢開得太高了，我想了想，那應該給她做些甚麼呢？

但這又回到了那三合一的問題了：公司是買下了我們的人、技能還是時間？如果她被買下的是校對技能，那在此以外也實在沒甚麼好做。最後我決定甚麼都不幹，後來才知道，我避免成了「五大狗屁工作」中的任務大師：憑空創造一些狗屁來營造公司有在辛勤工作欣欣向榮的假象。願她記得曾經幸運逃過一劫，差點就成了狗屁工作假大空意識形態下的亡魂——不然我還滿需要有人幫我整理當日新聞和文壇動向。

所謂的工作，就是在借來的地方、借來的時間當中扮演一個職員。有甚麼意義？值不值得？辦公室一詞的來源，就是拉丁文中的責任（officiis），所以辦公室一詞暗含的就是一系列責任的意思。而古羅馬哲學家西塞羅認為Office就是適合你的、與生俱來的義務。由是，當一個掌控著Office命脈的人來問你做的事有甚麼意義時，你就已經失格了，只能回答：生為職員，我很抱歉。

② 搞掂收工

只是說來慚愧，我也是老大不小才開始進辦公室上班。當我說上班時，意思是我終於在同一份全職工作待超過一年了，普天同慶，人間合格。大學畢業後我短暫在香港當過十個月辦公室寫稿佬，後來在台灣讀研究所時又接了些短期打工，終於在畢業後才比較安分守己地坐辦公室。一坐下去就全身不舒服，雖然怒氣不足以讓我登高一呼「勞動就是狗屎」，但也讓我在某天夜裡下班回家時點起一根事後煙，抬頭看著漫天空污，參悟到一個道理：收是放的反義詞，那為甚麼收工和放工是同義詞呢？

香港人把上班叫「返工」，回歸工作，崗位像子宮或海洋一樣召喚所有人的回返，這宗教般的感召足以幻彩詠香江。在二〇一九年的社會運動時，有抗爭者打算癱瘓交通來達致全香港強制罷工罷課罷市，從而向政府施壓。記者由是到地鐵站收集群眾的意見，受訪的上班族黎生正氣凜然：不同意抗爭者的行為，我的訴求就是要返工，沒有其他。香港精神的光輝在一個返字之間縱橫恣肆，經濟奇蹟建基於久在自然裡復得返樊籠的超然喜悅。我自問沒甚麼這方面的天分，返工的目標就只有賺夠錢返歸，兩返取其輕。

收工和放工的差異就在這裡了，取決於心態與角度。假設你是黎生熱愛返工，一天十幾個主線支線任務等你去破關，到下班時間肯定是暫告一段落，講聲收工大功告成，明天再來；至於另一方面，拿我大三時沒啥好幹的狗屁工作來說，我沒甚麼事做，又沒有自主權，我是被公司刑滿釋放的，這叫放工。屬於自己的叫收工，屬於公司的叫放工。但無論如何工就是用來返的，日復一日，永劫回歸，這兩年來每當我離開辦公室時，都會嘆口大氣：又一日。

我沒做過甚麼工作，類型來來去去也跟寫字有關。我也沒爬過甚麼大公司的晉升階梯，碰過的辦公室政治比起電視劇集裡的算是幼兒班玩意。最主要是，我的副業——寫作竟他媽成了我的副業——容許我隨時閃人，由是我永遠都只會是上班的經驗匱乏者，是職人書寫的異教徒。但即便是這樣的我，也曾不慎把放工搞成收工，把狗屁工作搞成屎缺。老大不小才進辦公室，被這些管理思維弄得自己情緒勒索自己。現代辦公室就是個捕獸夾，就算知道原理，難保不會受傷。

——

話說疫情到了第二年，看起來還遠遠沒有盡頭，疫苗也不是人人有份。就在那個塵埃未定的二〇二一年初，我的小說集要出版了，碩士論文也來到尾聲，更即將要搬到台北，人生正式踏入五行欠錢的絕境。那時還沒甚麼方向願景，先用存款撐一下找機會。結果機緣巧合之下，有香港前輩要在台北設立出版社，甚麼文化傳承啦，花果飄零啦，海外重建啦，凝聚離散啦，我管他三七二十一就給他原地入職。結果講那麼多都是烤布蕾擺盤，敲開焦糖底下這兩年來我對阿拉伯數字比中文字還多，最熟練的就是用試算表計算如果我在辦公室大便，每分鐘的薪水要賣多少本書才能打平。

我的小說集編輯跟我說你搞甚麼飛機啊：有人不做，跑去當編輯？這句話有兩個意思：①編輯不是人；②要不當人，才能當編輯。後來證明了，這傢伙真他媽有道理，果然是我的編輯。他不當人才來當我的編輯，如今看到他的乙方跑去當別人的甲方，心理肯定不太平衡，宙斯千叮萬囑苦口婆心了大半天，潘朵拉轉過頭去就手賤把盒子翻了個底朝天，大概就是這種感覺。

簡單來講，這兩年來的工作就是——合約溝通潤稿校對排版印刷宣傳內政財務稅務法規郵務跑公部門做節目主持——諸如此類。這兩年來的工作就是諸如此類，我的履歷上可以寫我是諸如此類主任，the head of and so on。其中一個我最拿手的工作是這樣的：有一份docx文件，我得把它複製貼上到三個僅有設計風格不同但內容一模一樣的xlsx中。當然還有各種錢銀交易，但講多都無謂了。反正就是下班嘆口氣，又一日，日復一日，年年有今日。

但它始終是份工作，而我經驗匱乏，不知道我感到不舒服是因為工作問題還是自身缺陷。至少我知道這個問題不需要去問身邊的任何人，因為他們百分之百都會先罵老闆，再罵公司，然後開始因應意識形態來決定先罵行政院還是立法院，最後罵自己老爸為甚麼不是李嘉誠。勞動是種光榮，同時又是狗屎，關於工作的投票充分反映出民粹的暴政。於是我開始研究——就是這個個人研究陰險地把我從放工滑移到收工，後來想想，如果我那時能安逸於東罵西罵就不再研究，現在的精神狀態還會正常一些。但一切的一切都得回到相同的起點：工作究竟是甚麼呢？

①它有一個目的；②它以勞動換取酬勞；③它與遊戲和消閒並不站在同一陣線，自然而然並非指向愉快；④工作這種活動不是為其本身的緣故而做的。就算是，為期也不會太久。所以；⑤投入工作只是為了完成其他事情。

這些東西我都是後來才學會的，不過其實，大概也沒甚麼學科會在學校裡告訴你到底甚麼是工作，它們只會教你好好工作。如果普天下的學校從小教會我們法律、稅務、工作、維繫人際關係、保持精神健康等常識，現在人類已經可以直接登陸海王星了。別說勞動，我連金錢是甚麼都沒學過。我從文組得不能再文組的文學系出身，從小到大，文本裡不是沒有錢就反對錢。大學一年級時的批判理論入門課，教授順理成章地把錢解體為各個概念：資本，勞動，剝削，異化。萬惡的資本家，市場去死吧；人被剝奪尊嚴，上層社會創造虛假意識控制人民。我作為一個對錢沒甚麼概念的人，從小不是補習考試就是打機，進了大學還沒獲得常識就得學習一堆「顛覆常識」的理論，乃至於最後我幾乎沒有常識可言地畢業了。現在回頭一看，沒有長成左膠右膠也只不過是幸運之神眷佑。而那堂作為我西方理論入門的批判理論課，才剛講完虛假意識的教授，一下課就開著保時捷跑車閃了。

文學更是不用說，香港的文學聖經叫《酒徒》，香港文學的耶穌是那個死賺不到錢還憤世嫉俗的編輯老劉。你要是背不出「生鏽的感情又逢落雨天，思想在煙圈裡捉迷藏」就別想在文學院混了。《酒徒》的主角顧名思義就是個酗酒酗到經常流連在破產邊緣的寫稿佬，滿腹現代主義深感懷才不遇，但講真他甚麼都做不好，只會埋頭抱怨。簡而言之，這傢伙不但窮，還驕傲；驕傲就算了，還沒餓死；沒餓死就算了，還要我們背他的碎碎念來扮文青。天這根本是我，我是老劉 256 gb pro max。

除了《酒徒》以外就是卡夫卡，卡夫卡作為對於上班的深惡痛絕足以讓他成為我們文學教育裡的另一個耶穌，如昆德拉所說的：「來自布拉格的主保聖人」。沒甚麼比《城堡》更能反映出我們的狀況了：有一個連輪廓都看不清楚的東西遠在山上，我們每天都想過去，但始終被一大堆文件手續等等的雜事拒諸門外，複製一個docx並貼上到三個僅有設計風格不同但內容一模一樣的xlsx裡，繞了一大圈還站在原地。這就是我們所學會的，關於理想的看法，以至於最後我們連城堡的存在都否定掉。以上這些大概歸納了我多年以來學習的東西：在畢卡索和梵谷之間，永遠站在梵谷那方。

所以十多年來的經驗只能歸納為幾句話：我對錢不熟，又不知道工作該長怎樣和有甚麼意義。臨近大學畢業時我和同學們終於領悟了一件事：理論對我們來說經常是偏差的——我們不夠窮，又沒有錢，學習了一堆左翼理論，在心中發明自己版本的右翼。我們在一個高舉個體的時代出生，可以用社交媒體上的一句話歸納：「成為獨特而有趣的靈魂」。這是一家修心養性的健身房。做自己是被鼓勵的，儘管沒人知道它到底甚麼意思。學習了一堆社會理論，在心中發明自己版本的自己。

所以，我的不舒服到底是工作問題還是自身缺陷？答案呼之欲出了——明顯是我本身的問題，我自己發明的自己出現偏差，是習慣個人工作的我進入集體工作的場合時的錯置。是在下無知。這是人力資源管理最喜歡的答案了，至於怎樣解決這個錯置？去尋找工作的意義，去學習吧。

去學習吧——這就是我硬生生地把狗屁工作扭成屎缺的關鍵瞬間，是我的悲劇開端。

—

專門研究當代狀況的哲學家韓炳哲分析道，在社會的生產水平到達一定程度後，為了讓人更有效率，工作更高績效，整個社會已經不說你「應該」做些甚麼了，為了讓你更自願地去做事，說不定你「能夠」做這做那。這就是一個習慣獨立工作的人在現代職場上碰到的甜蜜陷阱，它是一個入口，第一次總是免費的：毒品、化妝品試用、補習班試堂、遊戲最初兩小時。

「能夠」的意思是你可以的——我們可以共同建構出新的局面，或者一起修復一個現存最好但仍有缺陷的系統，扭轉一個正常而不盡完美的職場生態。它舉起的旗幟是人有足夠的自主權，並不是被一道律令壓下來叫你應該去上班，而是說不定你能夠上班，你是有能力的，過往那些學習年代也只不過是你的背景，它讓你來到現在這裡，不懂也沒關係，你可以的，我相信你，你親自摸索看看。

這種參與感為工作賦予了全新的意義，因為我們並不只是被上層管理，而是可以開始自行管理，從而修復——因為我能夠。我從文字轉移到數字就是因為想要理解更多，而我確實能夠理解更多，直至後來我甚至不想看見文字了，因為唯有完善系統才有機會出版更多的書。沒有錢出再多書都無以為繼，而我能夠修理它。我在做實事，我是實事後面的推動者，書是所指而數字是能指。其後，我順利地管理了自己，因為我能夠。

人類學家格雷伯指出，有一群人不但否認他們的工作無謂，更痛斥「我們的經濟中充斥狗屁工作」這樣的想法。這些人不意外是管理層，以及負責招聘和解雇的人。就從這裡開始，由於我能夠，我管理自己，我是我自己的管理層，我的放工就緩慢地變形為收工了。又一日開始，又一日結束。返工時，我點燃新的自己並推倒了原初的自己——寫作他媽成了我的副業——因為我能夠。我複製一個docx並貼上到三個僅有設計風格不同但內容一模一樣的xlsx，並從中找到行政的意義，因為我能夠。我算出一本書的成本並計算賣出幾本回本，從中取長補短，因為我能夠。我算出自己在辦公室坐著不動，每分鐘的薪水要賣多少本書才能打平，因為我能夠。

所謂的能夠，在香港人的語境裡有個相似的東西，叫作can do。陳冠中把can do翻譯為搞掂，搞掂精神。掂的意思包括「完成了」、「沒問題」或「這是可行的，做得到的」之類，陳冠中指「搞掂精神是一種勇於猛進、敢於接受挑戰、開山劈石、不怕克難吃苦、要把事情做好的精神。」我返工，因為我搞得掂。我收工，因為我今日搞撚掂。又一日，我明天會更掂。

搞掂和能夠之間的落差在於剛性和柔性，前者是皮鞭而後者是春藥，搞掂往前猛衝，而能夠是說服人有往前猛衝的潛力，you probably can do。由於「能夠」灌進了由自己所發明的成就感，甚至不用其他人推動，若有人在工作裡，就是一個新造的人，舊事已過，都變成新的了。我編輯跟我說的「有人不做，跑去當編輯」如今完全可以被逆向解釋：我並不是不做人才當編輯，而是我在工作裡重新發明了自己作為人的價值。把過往在大學那些好像不對勁的東西都拋開吧，如果你「能夠」的話。如此類推，有人不做，你能夠當編輯，當行銷，當業務，當會計，當程式設計師，當職人，當技工，當老師，只要能夠和自我管理，你甚麼都可以，甚麼都搞得掂。這才是新的異化，大學批判理論「虛假意識」的最新版本，它由一個人內心的正向思維出發，導致人心甘情願地，安靜地走入長夜。

這個寂靜長夜在韓炳哲那裡，叫作功績社會（又稱績效社會）。簡單來說就是要追KPI，要跑數，要追高。為了達致績效的最大化，這幾十年來的辦公室漸漸發現了一件事，就是肯定比否定更有用，這就是試著不要說「應該」而試著說「能夠」的開端。這不是自願為奴，而是錯覺自己是自己的主人。韓炳哲認為這叫作肯定社會。讀多了韓炳哲會發現他有很多社會，甚麼都是社會，以他所見，香港應該是個搞掂社會，Candogesellschaft。

「自由和約束幾乎在同一時刻降臨。功績主體投身於一種強制的自由，或者說自由的強制之中，以達致最終目的——績效的最大化。」當我發現我能夠做這做那時，先不說別的，在那一刻我確信自己獲得了某程度上的自由。儘管那種自由是犧牲了我作為一個寫作者的本業也好，但那是我「能夠」選擇的。就算是香港文學聖經《酒徒》，主角老劉到後面發現搞文學雜誌搞不掂開不了飯，沒有更好的生活也沒有辦法找到好女人，但他決定去寫色情小說，因為他「能夠」做到，並為此與有文學理想的青年吵架——這是他自己決定的自由。不過顯然地，「如果一個人信奉越積極就是自由，」韓炳哲說：「那麼這只是他的幻想和錯覺。」

這種錯覺的自由甚至是與暴力相關的，這與管理息息相關：「自從生產達到一定水平，自我剝削就遠比受人剝削更有效果，功能更為強大，因為，與自我剝削相伴的是，感覺自己是自由的。」這是一種有毒的自我管理，因為每個人都自帶一個營地，同時是囚犯和看守。雪球一直越滾越大，人最後把自己完全壓扁，他的過去是甚麼並不重要，只要能夠努力，他的未來肯定是更好的，是自由的。直到無可避免的倦怠浪湧而來，讓人不甘情願地沒頂。

我是一個比較幸運的人，一直如此，我有文學作為後盾與尺規。而在職場裡，幸而它不是一份非常穩定建制的工作，我的「能夠」不久後就燃盡了。也有可能因為我原本就不怎麼熟悉資本與行政的運作邏輯，比較容易抽身，反正就是有一天我提出了一個方案沒有通過，隔週替代方案沒有通過，隔月原本要執行的穩定性調整直接取消，所謂能夠的夢就結束了。醒來是一次從夢中往外緊急避難跳傘，返工所象徵的海洋與子宮如若鏡面粉碎，我回歸到自身，帶著一個新造的自己回到舊日的軌跡上，而一切只剩下人資的臉，從城堡上投影過來：你要離職沒有問題，不過在離職之前你要把你的工作分配出去，因為這是你的責任。

而這就是將能夠推回應該，將屎缺推回狗屁工作的時刻了。我潛進海裡做了一次淺層探究，如今回來岸邊喘口氣，因為我還有副業寫作當安全網。工作是甚麼呢？格雷伯說：不論在哪裡，都會有一種思維，即一個人獲得的酬勞不是付給他天職中讓人快樂的面向，譬如思考；最好把酬勞視為偶一為之的放縱，而所謂真正的工作不外乎填寫表單。

——

如今，成為工作新造的人仍然有某程度的後遺症，我已經習慣了計算成本得失，以維繫我管理了甚麼的錯覺。我會講時間效益，看到作家們說自己一天下來寫了兩頁又撕掉，就膝射反應地計算坐著不動要賣多少本書才能打平。試算表成了我無法逆轉的潘朵拉魔盒，唯一剩下沒放出來的東西叫希望。但希望與虛假的自由有關，一切都混雜得亂七八糟。

有時，我會想這些工作究竟帶來了些甚麼呢？我沒有改變這個行業的責任心，更沒有興趣把我個人的健康和社會的健康混為一談，已經不是八十年前了。小說家漢德克（Peter Handke）形容當時的環境，人們在自己的意識中，看見自己所做的動作同時被其他無數的人重複著，於是這些動作形成了一種運動的節奏——生活也藉此得到一種既被保護又自由的形式。

如今自由仍在，但外在的保護被拿掉了，因為人保護自己時併發出來的危機感，更能產生更大的績效。到處都高舉著一種自我監控的裝置，讓人自感與其他所有人都不一樣，你是你，你要做自己，你有有趣的靈魂，你可以，你能夠。直到你耗盡為止，你都有能力修正問題。這種狀態最常出現的地方也許就是辦公室，格雷伯《論狗屁工作》最偉大的貢獻就是提供了一副眼鏡，讓人看穿這種狀態彌漫四周的假象，觀察到這一切裡面的狗屁性。

若工作勞累又自感有意義，不妨把意義獨立出來仔細檢視，它是不是真的有意義，以及它的意義帶來的損害究竟有多大？做一點成本效益計算——值得嗎？韓炳哲分析了功績如何帶來自我剝削後，提出了如今的世界正緩慢安靜地走入倦怠社會。至於我們，也許只能構成一個倦怠的共同體，並在狗屁管理之後活下去。他沒有提出甚麼解法，這能提出甚麼解法呢？

在當編輯的最後一里路時，我開始把事情當成是狗屁工作去做。這沒有對我產生甚麼正面效果，心情仍然是一樣糟糕，不過也讓我體會到漢德克在獲得諾貝爾文學獎時所講的，怪異的自由感。自由是指向未來的，未來是指向肯定的，肯定是指向心態的，而心態指向個人。個人由始至終都是怪異而需要被時常警覺的存在。也許如果真的要在「狗屁－屎缺－狗屁」這組回返裡學懂甚麼，也許是自我管理還可以，但追求績效就大可不必。正如批判理論所教會我最重要的事，是教導你甚麼是虛假意識的人，是可以開保時捷閃人的；一如鼓勵你追求績效的人，下班後擠公車回家。沒有甚麼真正恆定，如今對於上班，I would prefer not can do。

③ 斷裂常識

我算是聽這句話長大的：怎麼搞的，你連這個都不知道嗎？怎麼搞的，你連太陽系有多少顆行星都不知道？昆蟲有幾隻腳都不知道？某某藝人的父母是某某藝人，你不知道？元素週期表，中國歷代國號，鍵盤上qwer代表四種招式，學校後面有個吸煙區，咖啡可以混威士忌，生鏽的感情又逢落雨天，機票要上Google Flights買，要叫學長學姊，你不知道嗎？

反問句是個很好用的技術，與諷刺是一對親戚，接收者會自行判斷是不是真的蠢得不知道對方在講甚麼。換言之，反問句自帶情緒勒索和階級劃分的狗圈，我從小戴起這個玩具度日。從不甘到習慣，不過一段成長過程。我從小就對這個世界沒有興趣，所不知道的事情包括時間、地點、人物、事情。

只是後來年歲漸長，雖然反問句在我們的日常語言裡枝葉蔓長（二〇一四，你難道不知道民主自由的可貴嗎？），但常識的絕對壓制力卻漸次弱化了（二〇一九，怎麼搞的，你連民主自由都不理解嗎？）。時日過去，常識的考驗明顯減少，因為日子仍舊得過，而常識只不過是讓人互相檢驗的度量衡與溫度計。到了現在，從一個同溫層到另一個同溫層，我緩速習慣了：①所有人或多或少都缺乏常識，當代學科分工的觀點；②常識是被建構出來的，社會哲學觀點；③常識會被遺忘，成年人的觀點。

過往香港曾有一個電視節目叫「係咪小兒科」，台灣也有類似的，叫百萬小學堂。兩者都向美國原版取得版權，原版的名字簡單明瞭，一看就能理解節目宗旨：Are You Smarter Than a 5th Grader? 你是否比小學五年級生聰明？節目請來一群藝人，問他們一堆小學生上課時學到的東西——當然沒有大人能全身而退——輸了就要說，我某某超爛，比五年級小孩還廢。怎麼搞的，你連水有表面張力都不知道嗎？你連誰知盤中飧怎麼唸都不知道？降雨量多少才算是暴雨？山泥傾瀉／土石流的定義是甚麼？

節目指向的是常識，彷彿人越年幼時所建立的知識儲備，就越更貼近常識。然而節目播出時我才剛進初中，先不說那些用來刁難成年人讓他們拿不到獎金的問題，就連最基礎的問題都讓我懷疑人生。所謂的懷疑人生，指的是腦裡出現了斷裂感：為甚麼稱為常識的事物是理所當然的？甚麼才是常識？古詩十九首還是二元一次方程才比較算是常識？

這當然已經不是在講節目了，而是常識這件事本身。在年歲漸長時，「怎麼搞的」句式仍然不絕於耳，但常識開始複數出現，它在不同領域作為不證自明的用詞降臨：文科的常識、經濟學常識、在城市走路的常識、獨處與交際的常識、家族聚會的常識、住大學宿舍的常識、宗教的常識、職場的常識。我大概是由於從最初就對一切都不感興趣，後來當被反問太多次後，緩慢理解到不同人在講的常識根本就是不一樣的東西，領域與領域之間的常識可以完全違背。共產主義與資本主義的常識導致戰爭、宗教與科學的常識互相牴觸，文理商互不侵犯。

由此開始，我轉身往後走去：究竟甚麼才算是常識？常識就是，當我講出一件事時，接收者應該順理成章地理解，不需要額外解釋造成溝通負擔。它是基礎，是地面與引力，是尺規與指揮棒。它的位置在行為、意識形態與反問句之前。但是如果有人像我一樣，老大不小還缺乏絕大多數常識——比如繳稅或者T袖要反過來洗之類——人生該如何是好？

—

奧地利小說家漢德克寫了《守門員的焦慮》，描寫的就是一個缺乏常識的人的故事——如果這本小說能稱之為一個故事的話。它的情節主要集中在前面數十頁，在後面似有若無地提兩句就算了。反正作者想寫的也不是這個。簡單來講，主角曾經是個守門員，不過如今是個裝配工人，好的，「如今」這個字也過期了，他被老闆炒了。除此以外，他還離了婚。他過去的絕大部分成就都跟現在的人生脫勾了，還出現了相當嚴重的精神問題。他沒有任何常識，看起來沒有過去，沒有經驗，沒有應對能力。這些問題統統都體現在他不知道為甚麼一個行為會引發另一個行為上，比如他在路邊舉起手臂，計程車就停下來了，他也不知道為甚麼，為甚麼舉起手來車子就會停呢？不過既然計程車也停下來了，為了顯示出他是知道該如何對應社會常識的，他只好上車，但他也不知道該去哪裡，只好隨便掰個目的地。

《守門員的焦慮》圍繞著這種斷裂感展開。他講話；他反應；他不知所措。

對於一切，主角全然感到格格不入，面前的所有事物就像一層大霧，他嘗試去猜測自己做了動作後對方會有甚麼反應，比如他在路上遇到一個熟人，那熟人跟他說要去擔任足球裁判，他就把對方視為開玩笑。為了掩飾他不知道對方在講甚麼，他只好以一個玩笑回應，說自己也能去當助理裁判。就算對方拿出一套裁判制服，他還把這個當成搞笑道具。日常對話一直進行，但主角始終無法理解對方在表達甚麼，因為他有他最大的困擾要處理——對話常識的缺乏。而正正是這種缺乏引發起了焦慮。

有次，他以一種莫名其妙的方法搭訕了一個女生，還成功造就了一夜情。不要去深究為甚麼能夠成功，《守門員的焦慮》不是在跟你講合理劇情的。睡醒過後，他發現自己必須要跟女生對話來打發時間，卻覺得對話總是出錯了：他發現當她回應剛剛他告訴她的那些事時，卻被她當成是自己的事那樣談；相反地，當他想要回應對方時，卻總是引用對方，彷彿害怕那些事情被當成自己的事似的。無盡的孤獨，極致的疏離，為甚麼一句話必須要接著另一句話呢？每一句話的意思是甚麼呢？哪些話是屬於誰的呢？交談讓他越來越心煩，但談話的速度卻越來越快。每一句話他都必須要焦慮地重組方法來回應，反正，最後他們坐在床上小聊了一下，當她問他今天要不要上班時，他就伸手把她掐死了。這個故事的道德教訓或多或少是最好不要去問別人今天要不要上班。

主角沒有常識，一切都只能推敲，然而由於甚麼都無法理解，人際關係裡的任何過程看起來都似乎可以用來對付他。在面對困難時，他嘗試把身體往後靠，分辨面前的各項細節。往後靠是漢德克在寫分析時一個很重要的姿勢，眼前的世界太混亂龐雜了，倒不如找個舒適的姿勢來想事情。在《夢外之悲》裡，當漢德克寫到自己需要回到奧地利奔喪時，他寫道：「機上乘客稀稀落落，飛行平穩安靜，空氣清澈、沒有一點霧，遙遠的下方則有城市變換、燈光點點。我讀報紙、喝啤酒、看窗外，漸漸地，我全然進入一種疲憊的、不屬於我個人的通體舒暢。對，我不斷想著，並且默默小心翼翼地複述這想法——**就這樣**。**就這樣**。**就這樣**。**很好**。**很好**。**很好**。整趟飛行，我都因她的自殺而感到驕傲，乃至忘我。接著飛機開始降落，點點的燈光越來越亮。我在失了骨頭、了無肉身的狂喜中消解，無法自拔，然後穿行在寂寥的機場大樓中。」

不過在《守門員的焦慮》裡，主角倒是沒有一趟孤獨的飛行可以讓他往後靠了，沒有任何東西能讓他進入失了骨頭了無肉身的狂喜中。社會的一切都在對付他，而他面對一場接一場的對話，對他而言全部都是衝突。到了後來，由於甚麼都不懂，他全然進入了鑽牛角尖的地步。他必須詢問出一切的意義：他必須往前走，是為甚麼？他必須說明往前走的理由嗎？他的目的是甚麼，如果——為甚麼他要說「如果」？他想要避開「於是」、「因為」和「如果」，卻發現所有事物的邏輯都在他眼中變異幻滅。換言之，他質疑面前所有的常識，導致舉步維艱。就好像如果你去問他「你連這個都不知道嗎」，他必然會停下來思考：甚麼是這個，不知道會怎麼樣，甚麼是「連」、「都」和「嗎」？

所以到底甚麼是守門員的焦慮呢？在原文裡，書名的原意是守門員面對十二碼罰球（點球）時的焦慮，對話的常識對主角來說，是作為一個守門員必須要面對罰球的狀況。作為一個接收者，要怎樣預測對方的話，並牢牢地把球守好？主角說，觀眾應該試試看不要看進攻時的前鋒，而是從頭到尾都去觀察防守的守門員：守門員盤算著對方會射向哪個角落，射門球員一旦起跑，在球即將被射出之前，守門員就會不自覺地用身體暗示出他會朝哪個方向撲去，而射門球員就能好整以暇地往另一個方向踢。「守門員的無奈就好比試圖用一根麥桿來撬開一扇門。」

溝通是困難的，它所涉及的是無以數計的常識：怎麼搞的？他連這樣的球都接不住？溝通要預測、會誤判、一環接一環、就算不說話對方也會自言自語、斷裂會導致尷尬、動作會帶動反應。作為一個接收者，如果嘗試向左方撲出，對方又可能會調整到向右方射門勁射破網。這一切都建立在日常語言的常識當中——但正如我們所知道的，人跟人之間的常識有落差，你的常識並不是我的常識，反之亦然。你連這個都不知道嗎？但無論守門員有沒有成功防守，球賽仍然得重新開踢。他把球定在腳下，大腳一笠，對話和常識又飛越半場，降落到對方的防線裡了。

—

在守門員的幾十年後，英國的小說家湯姆・麥卡錫（Tom McCarthy）寫了一本《殘餘地帶》，以不同的角度書寫了非常類似的故事。這部小說就能稱之為故事了，至少我們知道主角為甚麼會沒有常識與經驗，有天他在路上走著走著，被一個東西砸中了頭。這東西懷疑是從外太空掉下來的，不過由於主角簽了保密協議，反正就是不能跟我們說那到底是甚麼玩意。由於頭被砸爆，他失去了過往為人的一切常識，就連日常動作都必須重新學過。「線路重建」是他要進行的物理治療的名字，要在腦中找出新的神經線路以傳達指令。為了鋪路，他必須先想像各種簡單的畫面，比如要想像怎樣拿起一根蘿蔔，到實際執行起來，必須搞清楚每個步驟要怎麼處理——舉起一根蘿蔔，整個過程一共有二十七個不同的步驟。要把它練好，至少要練個一千次。

與守門員一樣，麥卡錫的主角也是要重建對一切常識的理解，不過相異的事情是，這位主角不是想當守門員，他要去射球。因為角色設定給了他很大的便利，由於讓東西從外太空掉下來的公司想花錢消災息事寧人，決定給他八百五十萬英鎊叫他不要到處胡說八道。港幣八千一百萬，台幣三億三千萬，豈止不胡說八道，你給我這錢我可以到處宣揚地球是平的。不過，就算身懷巨款，主角失去了怎樣當一個人的任何常識。有天他去看電影，劇情就算了，他最喜歡的部分是演員「即使最基本的動作，也行雲流水般自然，開冰箱啦，點香煙啦，都不必事先想過或搞懂了再做。」他覺得那是電影最重要的事情，還抱怨道：「我的動作統統都很假，是學來的『二手動作』。」他的朋友說怎麼搞的，你連電影要怎麼看都不知道嗎？

對於常識與自然而然的動作，主角有種非同小可的執著，畢竟他是一個連拿根蘿蔔都要練一千次的人。同時，他也不在乎別人跟他說「怎麼搞的」，因為他真不知道怎麼搞，但又有甚麼好搞的呢？拿著八百五十萬英鎊，他大可以隨街射門，但究竟有甚麼門好射呢？

在渾噩度日一陣子後，他在某個廁所裡看到鏡子上有一道裂痕，這個裂痕召喚了他頭被砸爆前的回憶：他過往曾經住在一個地方，鏡子有條一模一樣的裂痕。那是一個房間，屋頂上有貓，樓上、樓下、四周統統有鄰居；樓下有人在煎豬肝，再樓下有人練鋼琴，他會往下走，有個婦人要丟垃圾，跟他閒聊兩句，再下面有人修單車。在他的回憶裡，所有動作都很流暢而不造作，不是彆扭、學來、二手的，而是自然的舉止。那些動作，是「真」的。他知道那筆錢要怎麼用了，他要買下一個地方，請來一堆演員，給他無限地重演記憶中的那天——在那裡，他是一個真的人。

可以說，這算是主角常識的具象化了。這是他記憶中的原初，是裂縫後的巨大世界，人越年幼時所建立的知識儲備，就越更貼近基礎與完美。那段回憶勾引他必須一再重訪。主角買了個房，請了一大堆演員和設計師，還請了個計畫經理來幫他安排。房子終於蓋好，演員都排演完畢後，他在那家公寓裡讓那天的回憶一再上演。他努力練習某些動作和姿勢，讓它們更貼近自然和回憶。有時他放慢動作來重演，有時他加速，讓一切在意識裡迅速進行；有時他停止，沉思一個動作到底有甚麼意義；他把這棟大樓造成一個迷你模型，像博物館大廳裡擺放的那種微縮展品，給他好好把玩；有時，他甚至沒有參與重演，反而是叫演員們在他不在場的狀態下自行重演。他的回憶在資本的威力下無窮無盡地重複，每次重複都拉出令他驚喜的差異。這是他的安全網，他的記憶小屋，他完全掌握的基礎知識。

玩到後來，主角對於重複實在太興奮了，有天還雙眼翻白倒在地上。被送到醫生那裡時，醫生指這種重演讓他的身體自己產生止痛劑，像鴉片一樣帶來快感。「稍微有點智力的實驗室動物會一再回到產生創傷的成因，像是通了電的按鈕之類，儘管他們知道自己會再次被電擊。他們會去就是為了得到快感：刺激、舒坦的感覺……」沉醉在已知的世界，在相同的世界裡執行差異與重複，還有甚麼比重複同樣的好事更開心的呢？怎麼搞的，你連重複看同一部幹片十次、重複聽同一首歌一百次都沒試過嗎？

—

每當有人跟我說「怎麼搞的，你連這個都不知道嗎？」時，我都會陷入輕微的迷茫。那是一些自認具備共同基礎的人，用反問句式嘲弄沒有共同基礎的人。接收者首先會有守門員的斷裂感，其後開始重複進行線路重建，希望日後能夠成功運作。這個社會把能夠順利自我修復的人定義為合格的人，兩千多年前的中國佬已經這樣搞了：知錯能改，善莫大焉。

只是，如果單憑意識斷裂以及線路重建就能當個合格的人，如今的社會也未免太糟。事實上是，排除掉故意違反常識以及無法進行重複的案例以外，更常見的狀況是遺忘。就如「係咪小兒科」忘掉一切兒時知識的藝人，以及考試時腦袋一片空白的狀態，常識是會被遺忘的。與此同時，常識還會互相衝突，甚至互相攻擊貶抑。那是守門員的困境，好比試圖用一根麥桿來撬開一扇門。我看準你的常識有漏洞，此時不射，更待何時？

我總想像一個沒有常識，沒有反問句，沒有惡意，大家互相協助與提醒的地方。如果想要為chill下一個定義，我認為在這樣的社會才有可能。這是一個烏托邦，然而，反問句與諷刺顯出了無論如何我們都有一種競勝的邏輯在——就連常識，也只不過是比較的根基之一，有一大部分人存在的目的，只為了彰顯自己比身邊那個人更有常識。於是，世上存在著至少兩種人：專門瞄準守門員空隙來射球的人；沉醉在自己的常識裡不斷重演到麻醉的人。

我始終對於一切感到悲觀，我感到悲觀的事情包括時間、人物、地點、事情，如果人類盡皆過目不忘，只要統統能夠具備常識與溝通技能，也許現在人類已經可以直接登陸海王星。然而，事實上，我們容易遺忘，還互相反諷，最可怕的是，我們還把民主建基在這樣的一套恐怖系統之上。現在，面對一些具有領域常識的人們，我都無話可說，只好問他：怎麼搞的，你連這個都知道嗎？

④ 故事貨幣

我一直很怕被要求講個故事或者笑話：最近有發生甚麼好玩的嗎？說些好笑的來聽聽？最喜歡哪本書？之後有甚麼打算？我想最恐怖的還是這個，我妻子問的：昨晚你喝到四點才回來，究竟聊了甚麼可以聊這麼晚？我怎麼可能會知道……我的腦袋又不是這樣構造的。在網絡上有個男的——合理推測異性戀美國佬——與同一個朋友打了十年高爾夫球，連那人姓甚名誰做甚麼住哪裡都不知道。大佬，我是來過日子的，不是來寫讀書報告的。

我想這跟童年陰影有關，畢竟這種要求跟課堂問答差不多。我不是甚麼從小就能言善道的人，嚴格來講還有點智障加社恐。小器晚成。被要求提供一個解答讓我直接聯想到考試或者被老師叫起來解數學題。「講個故事」是朝我擲來的燃燒彈，我僅餘的社交能量原地灰飛煙滅。

闖蕩江湖久了我始終練就了幾技傍身，足以閒聊，可以演講，勉強能夠即興，但這些吃力的和弦全數會在這個休止符後寸草不生。那表面上是童年陰影，但更可能是本質上的其他東西。不過歸根究柢也可以說，我大概永遠都是顆不能強制，只能鼓勵的草莓吧。

—

坐在我客廳沙發上的大鬍子下令：「講故事給我聽。」說真的，這情況讓人很不高興。我是「寫」故事的人，不是講故事的。而且就算要寫也是自己想寫，不是聽命於人。上一次要我講故事的是我兒子，那是一年前的事，我講了個妖精與貂的故事，內容現在都忘了，而且他聽不到兩分鐘就睡著。不過今天的情況和上一回有基本上的不同，因為我兒子沒有鬍子，也沒有手槍；因為我兒子好聲好氣求我講故事給他聽，而這個男人根本就用搶的。

我努力想跟這個大鬍子解釋清楚，放下手槍比較好，對他對我都好。有把上了膛的槍指著腦袋，要想出故事很難。可是他很堅持，還說：「在這個國家，你想要甚麼東西，都得訴諸暴力。」

以上是艾加．凱磊（Etgar Keret）的短篇〈忽然一陣敲門聲〉的開頭，要解釋我為甚麼會重看這本書有點複雜，也可能會得罪人。但說實話，這本書一直躺在我香港的書櫃上，由大學一路睡到研究所。直到決定移居台灣後才坐上飛機拍拍屁股走人。

事實就是，每次研究所放暑假當我回到香港想要看點書時，書櫃上的書總是全部看起來都有點怪異。說直白一點，就是不喜歡。在那邊的書都有點過期，有點偏差，有點像長途旅行回來打開房門，看見所有東西都有點歪。不算很斜，但的確不想伸手去碰，就放在那裡發霉積塵。詩詞歌賦、中國歷史、輕小說、奇幻小說、旅遊書、天文學（小學看的，忘光了，究竟現在是八還是九大行星？）、現代詩、把妹達人之類的。總之最後找了唯一一本適合那時的我的書，《忽然一陣敲門聲》，二〇一四年出版。

大學時期的我被封底文案唬住了：「為甚麼我們該讀艾加．凱磊的短篇小說？他曾受波蘭建築師之邀，以實驗性質住進了『全世界最窄的房子』，屋內僅容一人通行。建築師說，再小的房子，只要設計得當，也能具有完備的機能，客廳、浴室、廚房、臥房卻樣樣不缺，就像凱磊筆下的故事，篇幅短小，卻擁有一本好小說該具備的所有特質，徹底滿足讀者對『好故事』的渴求。這間窄屋也因此命名為『凱磊之家』。」全世界最窄的房子？印象中這人應該沒住過香港。他如果來了香港，相信這名作家也會因此命名Etgar Hong Kong。

同名短篇只有四個角色，敘事者、大鬍子、一個做問卷調查的、一個送pizza的。最開始大鬍子入室行劫，要求敘事者講個故事。用要求這個詞有點奇怪，不過拿槍的人用詞通常都比較奇怪，替人添煩添亂。「你不講故事，兩眼中間就會進一顆子彈。」大鬍子說。敘事者迫於無奈，開始講「一間屋子裡坐著兩個人。忽然一陣敲門聲。」

第三個角色敲門進場了，是那個做問卷調查的。他硬闖進房間，從放問卷的資料夾裡也拿出一把左輪，「我的槍很容易走火。把故事吐出來，快點。」大鬍子表示同意，這時敘事者開始講：「三個人坐在一間屋子裡。」那大鬍子馬上警覺，「不許再說甚麼『忽然一陣敲門聲』」，做問卷的不懂他何出此言，卻馬上附和：「繼續說。不要有敲門聲，講點別的，給點驚喜。」

翻譯一下甚麼叫做驚喜，驚喜就是，敘事者連話都還沒說，忽然一陣敲門聲，一個送pizza的站在門外。大鬍子質問他：「你也是為故事來的？」送pizza的假裝不是，但不怎麼成功。做問卷的叫他拿槍出來，他說：「我沒有槍。」不過從紙盒裡抽出一把切肉刀，「如果他不給我生個好故事出來，我會把他切成肉絲。」

短篇至此已進入終盤，三個人等敘事者開腔，但他還是進行著實況報導，繼續胡扯，到最後，他說：「忽然……」大鬍子說：「我不是說過不可以有敲門聲了嗎？」敘事者堅持：「非得有人敲門不可，沒人敲門就沒故事了。」

這就是〈忽然一陣敲門聲〉，一九年前我回香港重讀了一遍，如今再讀一遍，當然是忘記了大學時期的我作何反應，不過從後果推測，如果那時我覺得這故事很棒，這本書真他媽精品，我肯定早就把它帶來台灣，並列在卡佛旁邊，在前面點三根煙放盤水果一個煙灰缸日拜夜拜。老實說，我覺得這書就是本床邊故事集，裡頭有點藝術的靈光，偶爾有幾篇能捕捉到些普世價值，但讀來難以令我滿足，也難以說服我全本讀完。它在敘事上始終有點違和，有點空隙，有點灰塵。一九年的我不知道那是甚麼，相信一四年的我也不知道那是甚麼。

於是我重寫了一次。當你不知道某個東西是甚麼時，最好的方法就是用自己的語言表達一次。

話說有條茂利拎住把槍指住我：「講個故黎聽下。」於是我鳩噏：「一間屋入面有兩條友。忽然有人撳鐘。」真係有人撳鐘。

我開門一望，有個男人企係出面：「先生，介唔介意花少少時間聽我介紹返公司新出既濾水器？」男人入來之後，亦都拎出左一把槍，要我講故。於是我又講，茂利唔準我再講撳鐘了。話口未完我都未出聲，有個送pizza既都入埋來，拎住一把刀，要我講故。

我唯有開始：「一間屋入面有四條友，今日好熱，幾條友好悶，而且冷氣都壞埋。其中一個想聽故，另一個都想，仲有一個話他都要……」

茂利話：「講經咩，屌你老母。」[1]

撇開由敲門變成撳鐘不說，故事隨隨便便都可以找出不少問題。

①我想這裡的人並不容易拿到槍，儘管香港現在已經不得不靠槍枝和暴力來取得話語權，但拿住槍的那一方，通常都是要麼是黑社會要麼是警察；

②面對這些人，常識就是我無野講（我沒話說），抑或被打到不得不講他自己想聽的，否則到頭來我和送pizza的只會被打成浮屍或直接跳樓。當然，如果真的有這些人拿槍上門，敘事者十有八九在講完故事後就直接跳樓了；

③我的房間連兩個人都塞不下，四個人進來大概是面貼面說話的，拿刀的有絕對優勢；

④哪有人會來問我拿故事，誰都知道我面對面時臨場反應能力等於零，詳情參閱我大中小學所有老師的真實經驗；

⑤關於故事這東西，我是真的習慣被搶，何必動刀動槍呢。如果各路編輯大德看到這段，歡迎邀稿，Email是pagefung@gmail.com。

1

話說有個王八蛋掏出一柄槍指著我：「說個故事來聽聽。」於是我唬爛：「一個房間裡有兩個傢伙。忽然有人按鈴。」真的有人按鈴。

我開門一看，有個男人站在外面：「先生，介不介意花一點時間聽我介紹公司新出的濾水器？」男人進門之後，亦掏出了一柄槍，要我說故事。於是我又說，但王八蛋不許我再講按鈴了。話音未落我還沒作聲，有個送pizza的也進門了，提著一把刀，要我說故事。

我唯有開始：「一個房間裡有四個傢伙，今天好熱，幾個人好無聊，而且冷氣都壞了。其中一個想聽故事，另一個也想，還有一個說他也要……」王八蛋說：「公啥小，屌你老母。」

如果你喜歡，我可以繼續舉出五個十個問題，但重點在於為何這個故事艾加．凱磊可以講，並且講得精彩？這當然與他所居住的以色列有關，他們跟巴勒斯坦幾十年來打了個乒乒乓乓，隨便撿到幾把槍也是相當合理的。但是在香港，持槍這回事本身與「故事」和「說故事」就完全無關，甚至會讓故事向反方向完全傾倒崩塌。它只會生出恐懼與強逼完全服從，直接指向死亡。現實感，我要說的正是這玩意，寫實主義或存在主義就算是科幻輕小說也得講現實，從經驗裡轉化並召喚出來的現實。〈忽然一陣敲門聲〉其實是用了幽默手法改造作者身處的現實，讓入室行劫這回事成了個笑話。笑話這回事首先就是個隱喻。這個短篇最大的置換，是money換成了story。而這個置換是完全可行的。

——故事就是貨幣，是不能或缺的社交資本。人始終是通過交換並捕食著不同的故事而活著的，可以想像一個完全沒有故事的世界嗎？這本身已經是一個故事。如果要舉個例子，打個比方好了，我過往最常寫的場景：酒吧，晚飯時間過後，夜幕低垂，高聳在馬路兩旁的商廈燈光已漸次暗去，街上的人慢慢稀少，二人橫過馬路，其中一人叼著煙，另一個的包包裡放著待簽名的文件，他們走進街角一座建築物的電梯，關上門，把他們送到樓上一家放爵士樂的日式小酒吧，彷彿太空電梯將人類送到另一個星球。人是為了甚麼跟另一個人跑去喝酒？答案極少是因為酒很好喝或想要喝醉。可能因為性，因為友誼，因為解憂，因為夢想，因為合作，因為計畫，因為陷害，因為和好如初，因為想談音樂，因為大象或鴕鳥，因為太空人與外星人。所有目的達成之前所經過的時間裡，人交換的就是故事，能掏出來的就只有故事，在人際關係裡它的作用不亞於金錢。

在最初的最初，當我們的祖先還沒發明冰凍啤酒和爵士樂，還沒有大鬍子拿著槍來敲門之時，統統都是圍著火堆來講故事的。火堆就是他們的交誼中心，而他們講來講去都是三款東西。別怪他們，如果你來叫我「講個故事吧」，我一個都掰不出來。第一款是關於狩獵、搏鬥和在危機中生存的動作史詩、第二款是關於控制自然的超自然力量傳說、第三款是關於來世的不朽神話。

班雅明提到經典的故事都圍繞著死亡展開。死亡給予講故事的人權威，而它是聽故事的人為雙手取暖的爐火。死亡實在是離我們有點遠了，雖然老師叫我解數學題以及老婆問我昨晚去哪了都能讓我看見前世今生跑馬燈，但總的來說，冷戰結束了三十幾年，單以數字而言，我們確實比起百年前的曾祖父輩們距離死亡遠了很多很多。近年來，其中兩個為故事鑄幣的是行銷達人麥基（Robert McKee）和格雷斯（Thomas Gerace），他們為這套學說鑄造的新詞實在使人不明覺厲——Storynomics，故事經濟。簡而言之，他們從祖先們那三款故事推導出一個結論，那就是如今的人聽故事都是為了愉悅和痛苦，如今假若你要搞行銷，就不得不講故事。

「故事就是終極的資訊技術，創作需要資訊，要對人性、社會現實、真實世界之間的關係具備廣泛和深入的理解；精彩的故事同樣需要技術，包括對故事內在技術的掌握，行為與反應的機制……」諸如此類的，都是些技術流的美國佬，馮內果五十年前就講過了。簡單歸納，要講好故事才有人買貨，故事本身也是一種貨。我們交易故事，交易各種各樣的高潮起伏，為了好故事不惜入室行劫，不惜偷盜，比較高明的就取樣與轉化。這就回到我最常寫的場景——酒吧，晚飯時間過後，夜幕低垂——故事隨時隨地都可以展開，我可以隨手扔出十種。然而，為甚麼當被問到「說個故事」來聽聽時，我一個都生不出來？

這大概可以回到格雷伯。在《債的歷史》這部精緻的作品裡，他主張一切貨幣的源頭都是債務。故事貨幣的源頭大抵就是欠了一個講故事的債，故事的支付（pay）的字源指向「使安寧，使平息」（to pacify, to appease）。拜託你講個故事，讓我們的關係平順地繼續吧。但我們先集中在格雷伯眼中的貨幣上，「如果歷史試圖告訴我們甚麼事的話，那麼沒有別的方式比從債務的脈絡去理解歷史更好的了」，「在真正的社區中，我們發現每個人都以十幾種方式虧欠他人一些債務，而且大部分的債務轉移都沒有用到貨幣。」

這些都發生在所謂的金錢出現之前，當然也是文字出現之前。這些故事在我們的祖先圍繞著營火開狂野派對之後，在蘇美人發明文字記錄你欠我多少頭牛之前。在很長一段時間裡，我們的祖先們以債務過活，格雷伯反對人類最初採用以物易物，認為這只不過是現代經濟學家發明的神話。人性經濟（human economy）採用社交貨幣（social currency），祖先們不為累積財富，反而著重創造、摧毀和重新安排人際關係。但與此同時，無論是多少頭牛，多少匹布，多少個承諾與奴隸，都沒有辦法抵上欠下的債：比如是迎娶一位妻子，又或殺死一個敵人。因此，當人命的價值被量化時（比如一命換一命被替換為一命等於一百匹布），債務永遠都無法替代原有物的價值。從此，債務和利息越滾越大，血債依然需要血償，管你還了多少頭牛，我還是要攻擊你的村莊。後來的金錢當然也沒有辦法，不然就不會在收到賠款以後依然仇恨對方了。在這裡，故事又再一次圍繞著死亡開展。

基督教其中一個最核心的教義是「免我們的債，如同我們免了別人的債」，債務重組，不如大家由頭來過。然而人究竟負了甚麼債？除了在教義上從根本上無法還清給上帝的債以外，究竟還欠了其他人甚麼？債的故事來到這裡詭異地折返回到說故事的邏輯上，當我們說債務，就來到了會計（Account），但中間的Count是甚麼呢？Count來自十四世紀的古法語「加上去」（conter），但也同時來自拉丁文的講故事（computare）。而在英文裡，出納員名為teller，但同時也有敘事者的意思；而說故事的人，往往都在recount他們的故事。故事的貨幣，來自於一次又一次的重計，一次又一次在營火旁邊被死亡威脅著的債務重組。

未知死，焉知生，當我在不知道自己為何被生下來之時，從小被教育的就是不要欠債，畢竟香港有聞名遐邇的吸血貴利王。然而，上學被老師點名叫起來回答問題時我總是「對不起父母」，回家被問到今天發生甚麼事時我「對不起老師」，我對不起香港，對不起納稅人與意識形態，對不起自由民主，對不起文學科學。欠的債越滾越大，幾乎瀕臨血債，而這一切的債務在我這裡都變形成了：說故事吧，講出你欠過的債，這樣或許你能被原諒。

而也許這就解釋了〈忽然一陣敲門聲〉之所以帶著床邊故事的飄浮失重感的原因了，是因為它只是一個關於故事的寓言。它是失真的。但它不好嗎？那倒是未必，它只是讓人不舒服而已，它還是點出了故事這東西的重要性，一種侵門踏戶地討債的恐怖形式。就在故事的尾聲，當四人齊聚而敘事者難以掰出一個故事來時，送pizza的懇求他：

「別這樣嘛，說個故事，我們聽完就走。短短的就好，別這麼龜毛。你也知道，現在日子不好過，失業、自殺炸彈、伊朗人，還有很多人因為其他事而挨餓。你以為我們這些平日守法的人怎麼會做出這麼過分的事？我們很絕望啊，老兄，很絕望啊。」

我清清喉嚨，重新起頭。「四個人坐在一間屋子裡，天氣很熱，他們很無聊，而且冷氣故障。其中一個想聽故事，另一個也想，還有一個說他也要……」做問卷的說：「這不是故事，這是實況報導嘛，跟現在發生的事情一模一樣。我們想要逃離的就是現實，你還像垃圾車似的把現實倒在我們身上，這不行。用點想像力，老兄，創造、發現，扯遠一點。」

無論是以色列還是香港，白人黑人黃種人印地安人，故事的最後一塊地基，仍然是前往他方。讓我展開一個故事，除了讓你到其他地方去，別無其他。即使我們面對著面，酒過三巡，醉得輪著搶用廁所，嘴裡吐出來的話語只是想用更多他方罩著對方，讓對方滿意，也讓自己可以通過某些經驗或虛構，組成語言就地逃亡。故事是貨幣，是所有人欠所有人的債。說故事是還債，同時也是逃債。

—

我在碩士一年級下學期搬離清華大學宿舍，租了大學附近某個學生小區。從清華大學後門往山上走大概五分鐘的路程，有一條巷子，裡頭住的都是大學生研究生或工程師，那是一片死寂，鄰居之間不會交談的待斃之地。巷子裡面有一弄，大概二三十棟房子，我住的是其中一棟的四樓，當然沒有電梯。這房子裡每個人都奄奄一息，每天我沿著斜坡走進這弄都像走入墳頭，覺得只要能躺到床上就可以萬事休矣。有個晚上我聽到鄰居的叫春聲，那聲音像連續屠殺了一批貓。那時我開始減少去學校，減少出門，在房間裡像是等候著些甚麼。但我甚麼都沒有等到，只等到胃痛、坐骨神經痛、別人的叫春聲、以及驚駭地發現人一旦甚麼都不做，記憶與經驗會離體，肉體會殘廢，朋友會消失，而這一切過程全不可逆。

我像被整個社區的活死人們拉進沼澤裡失去動力。當我發現這些病癥時，一切已然太遲。於是我開始散步，嘗試在這個爛地方看出些甚麼來。

看了好久，那些觀察組合起來是一份接一份無法構成完整小說的故事零件。在這些故事裡我殺了好些人，讓某些人絕交，狂揍了一頓上司，讓自己的痛症強化，諸如此類。像把生活吹成一個氣球，再扭出點花。「我們想要逃離的就是現實，你還像垃圾車似的把現實倒在我們身上，這不行。用點想像力，老兄，創造、發現，扯遠一點。」那些故事實在很難說有甚麼意義。頂多是在我最後終於忍無可忍，搬離這條小弄後，依然可以維持對它的憎恨。有時我晚上去巷口的全家買啤酒，抬頭看到稀稀落落的幾顆星星，我對它們的憎恨幾乎可以與這個地方等身。

有次一個酒友來這裡喝酒，當我們走進小弄時，他忽然問我：「這裡為甚麼有一台瑪莎拉蒂？」那時我說，對啊，為甚麼？但其實我完全沒有概念，我不好意思問他，甚麼是瑪莎拉蒂，也不好意思說我不懂車，又有點驚訝他懂。那天過後，我回家時都會瞄一下那邊，有時車在，有時不見了，但從沒看過它發動的模樣。它是一台寶藍色跑車，流線形車身，車頭位置有個海王三叉戟的標誌。它看起來與別的車不太一樣，我不會形容，我很少留意車子。我知道它很貴，它像是這片廢土上的一座金閣。

後來我回家時都會在瑪莎拉蒂前停個十五分鐘，希望看見它發動的模樣。也沒甚麼原因，就是無所事事。我站在小巷另外一側，裝成是對面房子出門抽煙的兒子，每次抽三根煙，剛好十五分鐘，沒動靜我就回家去。有時抽了兩根尿急尿急，便先回家解決，晚上出來再看十分鐘，多出來的五分鐘當補償。煙霧彌漫的我的身體，彷彿在名車的藍光照耀下渾身都是破綻。

我也準備了幾個被問在這裡幹甚麼的解釋，但從沒派上用場。車主從沒出過門，背後的屋主不曾現身，偶爾有人經過，也對我沒有興趣，就像樹的陰影或路燈的街招。他們大概也把我歸類到活死人群體的一部分。我看著那台寶藍色的車，其實也看不出個所以然，但好像看多了就會更熟悉似的。問題在於，我從沒養成過好好看東西的習慣，那導致我看著看著總會分心，尤其是車子的寶藍色都讓我想到宇宙。那是海王星的藍，車頭的三叉戟也是海王的武器。

我在網絡上把瑪莎拉蒂的引擎聲聽了個遍，在它的官方網站上有音效展示，播起來像老人在醫院裡臨死前的鼾聲，從喉嚨深處「呼——」的一聲，直到喉頭轉成咳嗽，再咯咯咯幾下，幾十年無法咳出的老痰。海王應該也是個老人，不過是很有精神的老頭，至少它有三叉戟，也有跑車，還有顆星球。我那時很想聽一遍真實的瑪莎拉蒂引擎聲，於是我在家裡都把音響調得很小聲，出門也開始不戴耳機，希望走得不遠時可以猛然一驚：是它。但沒有，一次都沒有，車子要麼在要麼不在，從沒看過它動。

直到搬走之後我偶然還會想起那台瑪莎拉蒂，抑或在台北街頭、高速公路上、在城市建造遊戲裡，看到瑪莎拉蒂，我都會想起那台沒動過的跑車。我到現在都沒法為這台車給我的驚訝寫出一篇好的小說，每次寫完都放棄掉，超過二萬字的草稿，至今一點用都沒有。

後來我才知道箇中原因，那台車儘管名貴，儘管好看，儘管有神祕的引擎聲與無法知悉的發動方式，儘管不應該出現在這學生小區，它所擊中我的死角是，它從不向我要求些甚麼。它不要求我回應，不要求我驚豔，不要求我作出互動，不要求我糟蹋它，不要求我書寫它——我沒有欠它任何債，沒有任何意義。我無情可抒。它是我回家路上令我沮喪的一個裝飾，我不知道為甚麼它在那裡，我無法接近它或了解更多，我甚至無法因為它而令自己成長或轉變。它像是一個路牌，在每天回家的路上向我質問：「關你甚麼事？」

我幾乎是像逃難那般搬走的。這台車就像闖進房間裡的一個大鬍子，他敲了敲門就進來了，進來以後他就一動不動。沒有手槍，也沒有刀子。

他不問我拿故事，不求我的原諒，卻激起了我的興趣。但我發現自己無法寫它，因為我一無所知。最後我只能認命，即使生命裡有近在咫尺又奇異無比的存在，作者依然可以束手無策，無從下筆。當你不知道某個東西是甚麼時，最好的方法就是用自己的語言表達一次，但如果語言無法表達，一切都只能存而不論。

至於我的問題是，假如是二選一，你會選擇一個大鬍子拿著手槍衝進來要你講一個他想聽的故事，還是一個在你家隔壁，與一切格格不入，激起你的興趣後卻轉化不出哪怕一個故事的存在？你要活在債務之中，還是免卻一切的債？

—

搬家過後，我有時還會回到那條小弄，畢竟它離學校很近。如今住在台北，回到新竹時我還是想過去看看那台跑車。我還沒看過那台車動，可以確定直到更久以後，它還是與我毫不相干。我想寫它的慾望沒有減少，但靈感卻絲毫沒有增加。它永遠不會敲我的門。像生命裡許多我們驚訝居然存在的東西，我們卻無計可施，只能讓它離去淡出，這台車的他方是我所永遠無法抵達的，雖然我知道它一定象徵著些甚麼。〈忽然一陣敲門聲〉最後一段是這樣的：

我點點頭，重新來過。「有個男人獨自坐在屋子裡，很孤單。他是個

作家，想寫個故事，上回寫故事已經是很久以前的事了，他很想念，想念那種有中生有的感覺。沒錯，有中生有。無中生有是憑空捏造，沒有價值，誰都能做；有中生有卻表示東西一直都在那裡，在你裡面，你只是發掘出它的新面貌而已。那人決定要寫一個與現況有關的故事。不是政治現況，也不是社會現況，他決定要寫一個與人類現況有關的故事，人類現況，他現下所體驗到的人類現況。可是他寫不出來，沒有故事自告奮勇跳出來，因為他現下所體驗到的人類現況好像不值得寫成故事。就在他打算要放棄的時候，忽然……」大鬍子插嘴說：「我警告過你了，不許再有敲門聲。」我堅持：「非得有人敲門不可，沒人敲門就沒故事了。」送pizza的輕聲說：「隨他吧，別太綁手綁腳了。你想要有敲門聲？好，就讓你有敲門聲，只要生得出故事，怎樣都好。」

免我們的債，如同我們免了別人的債。真是幸運的傢伙。

⑤解剖城市

剛從新竹搬到台北的時候，由於是急需去辦公室報到，房子是隨便找的。老實說，要說這地方環境不錯是有點斯德哥爾摩了——噪音、貴租、窄小、頭上還是一排直視會當場瞎掉的射燈——但地理位置還過得去，無論去哪裡都不過二十分鐘車程。不過在諸多問題當中，最迫切的問題也只有一個：我還來不及搬離新竹。畢竟在台灣的四年來生活重心就在這裡，女友與朋友，幾百本書，四季衣服。人不是交了租就要拔營而去的，說起來，我們就別被租金綁架了吧，要有自由意志。自由意志，光是講出這四個字我都覺得住在台北那鬼扯的租金穿上緊身衣向我揮舞皮鞭了。

於是在簽下租約後的兩三個星期裡，我每隔幾天就坐區間車來回一次，從北新竹站一路搖到台北車站，慢慢把東西搬過去。之所以不坐客運是因為我沒有辦法把行李箱拖到轉運站去，新竹是個缺乏城市規劃的地方，從它低得荒謬的步行友好性（walkability）就能看得出來。幾年前初來乍到的我曾經以為整個台灣島都是個友善的地方，結果在騎樓下走一走就不小心歪進機車大隊裡魚目混珠，意識形態也隨之違規右轉。我每次從家裡拖著行李箱到北新竹站，大概就只是十分鐘的步行時間，但是儘管如此，中途還是有一段長達兩百公尺像整人節目腳底按摩般的卵石路，行李箱的輪子直接報廢，發出食屍鬼的慘叫聲。行人路不好好蓋，在使人噁心的地方上耗盡心神，這就是新竹。

在YouTube上有些極度迷戀火車的外國人，不是愛好某個型號、國家、路軌或是時刻表的那種，而是對於火車這種移動方式本身的迷戀。他們理想中的移動方法是短距用單車，中距用公車、電車或捷運，長距用火車。目標是把私人汽車的數量減得越少越好，這聽起來就是受美國汽車文化壓迫得體無完膚的憤青，人生唯一的夢想是搬去阿姆斯特丹與單車結婚。但無可置疑的是，一個主要依靠汽車和機車移動的城市，首先被忽視權益的就是行人。某次我與女友走路去新竹著名景點巨城，在它前面過馬路時有台車闖紅燈而來，我們躲到一旁罵了聲「行人欸！」而駕駛的回應也直截了當，相當合乎一個有車階級的邏輯與模型：他搖下車窗比了個中指。

這就是崇高，汽車就是我們城市的自由意志，而我們是在自由意志裡側漏出來的憤青。

——

說到地球上徹底被私人汽車統治的地方，那肯定會說到美國郊區。某些郊區如佛羅里達或休士頓周邊，更被冠上了郊區地獄（Suburban Hell）的稱號。這些郊區發展得最為蓬勃的時代是二十世紀中葉，在大蕭條與戰爭期間不斷累積的住宅需求再加上戰後嬰兒潮的出現，使得郊區的需求大增。那裡的主要組成階層是中產與白領，他們有足夠的資本買一整棟房子，需要移動去別的地方時就開車。根據統計，他們平均每個家庭都有多於一台車，因為他們要去任何地方都得開個一小時，意思是你如果載完孩子上學再載妻子去上班，她就會大遲到。所以除了房間以外，女人最好也要有自己的車子。二十一世紀增修版女性主義。

這些郊區幾乎完全沒有大眾運輸交通工具，而且距離市中心相當遙遠，更因為由汽車主導的關係，行人的用路權被漠視，每次走路都像在玩命。有位 YouTuber「Not Just Bikes」就分享了一次他在休士頓郊區走八百公尺路的經驗，走完單程後他毅然決定坐計程車回程，無謂用自己的性命和失敗的城市規劃做抗爭，不如留待有用之軀多剪幾條片。與此同時，由於大量的汽車也需要巨型的停車場，停車場由柏油鋪成，夏天時那聚集起來的熱氣真的能使當地無愧於地獄之名。

在這樣的背景底下，曾經孕育出一位有「美國郊區的契訶夫」之稱的作家齊佛（John Cheever），他的作品翻譯成繁體中文的數量並不算多，但其實齊佛早在一九四七年已憑一篇〈大收音機〉在《紐約客》上一炮而紅，晚年他精選結集了六十一篇短篇小說，奪下了一向都由長篇小說獲獎的普立茲文學獎與美國國家書評獎。

《游泳者》的同名短篇就是寫一個活在郊區地獄裡的傢伙奈迪的故事，這位老兄在某個星期天雅興大發，又或者說是在朋友家喝得太嗨，他決定游泳回自己家。游泳的意思是，他從一家人的泳池游完上岸，走去下一家人的泳池繼續游。這位奈迪老兄在朋友的游泳池畔想了一想，往南邊游個八哩左右就到自己家了。心動不如行動，他脫光光就開始游自由式，挨家挨戶游過去。他老婆問他去哪，他說游泳回家啊不然要幹嘛。

美國郊區以中產核心家庭為主，意思是由雙親跟未婚子女同居，而在同一郊區裡又可能有別的親戚，或是在地認識的朋友，整個人際網絡相當緊密。而奈迪這位喝酒喝得雲遊太虛的中產男子也不是有勇無謀，他能背誦出整條游泳路線上所有人家的名字，而且跟所有人都很熟，他們不斷給他倒酒喝——「他發現要想到達目的地這一路上的寒暄是不可免除的交際活動」——他游著游著發覺路上都是派對與聚會，歡聲笑語飄蕩在郊區上空就像彩色氣球似的。有些人不在家了，但防盜意識實在太差，奈迪翻進去游完又從另一邊爬出去。

其後，奈迪碰上了最大的麻煩，他卡關了。「幾乎全裸的，站在四二四號公路的路肩，等機會穿越馬路。你可能會以為他是甚麼犯罪案件的受害人，要不就是車子拋錨，或者根本就是個笨蛋。」他在那裡一直等，越等越冷，缺乏人行道的郊區地獄絕對不會對他和顏悅色。終於等到個開慢車的阿伯，他趕忙跑過高速公路去對面繼續游。然而，過了馬路後，一切都變得艱難，公共游泳池不讓他進去，途中的樹林沒有修剪。最後他到了一戶有錢人家，他們跟他寒暄，奈迪卻聽不懂對方在講甚麼。對方說，我們聽說你的不幸，你把房子賣掉了甚麼的。奈迪輕快地說，謝謝你讓我在這裡游泳。

其後他繼續游，但人們也開始不倒酒給他喝了，且覺得他是來借錢的。這裡與高速公路另一端的派對天差地別。這邊的人好像都在討論著奈迪，但他聽不懂。他已經醉得分辨不出時間，故事的最初是在夏天，過了高速公路後便是秋天了。那些人們說著破產與借錢的話題，而奈迪的力氣越來越小，「這是他人生中的第一次，沒有跳下水，而是從梯子走進冰冷的池水中，而且是不太靈光的側泳。」最後他累得兩眼昏花，對於自己游畢全程已經沒有勝利感。但至少他回到了自己的家。他看著裡頭，黑暗無光，而車庫裡也沒有車子，他用力敲門，大聲地喊，最後，他朝窗戶裡看去，空無一物。

—

這樣看來，游泳者的敘事曲線非常簡單：一個中產醉鬼的墮落路線，在中途碰上象徵性的巨大挫折，其後一蹶不振（見下圖）。我們甚至可以說奈迪碰上的挫折是過於戲劇化的，他只不過是碰上了失敗的城市規劃就被毀了一切。但這樣的情節設計也具備兩個足以說服讀者的機關，其一是敘事者是個醉鬼，我們連他是不是真的有出發去游泳都不知道；其二是世界上真的存在大量特殊的城市設計，

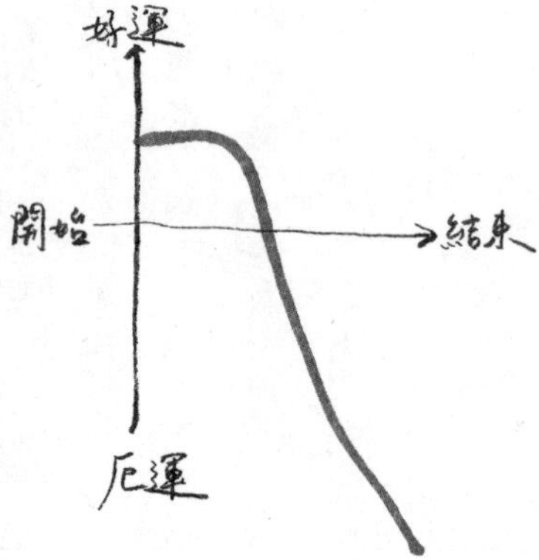

游泳者的敘事曲線（來源：阿成畫的）。

就算是一些比如是台灣或日本的火車站，前站後站之間的生活模式也可以是天差地別。

台灣的火車站曾經直接給過我一個災難性的教訓，就在我剛剛來到台灣時，曾天真地以為這是一個屬於單車的國度。畢竟在香港時聽來聽去也是單車環島、三縱三橫、YouBike隨借隨還等等。那時我剛剛搬進清大宿舍，即將要把旅遊簽證換成學生簽證，就去附近的單車行搞了台淑女車，在一個炎夏中午橫越半個新竹市去移民所搞文件。

行走江湖，人總要有幾個傍身的特殊技能，我的是這個：只要在任何路口順從本能拐彎，就一定會搞錯方向；經過一條街後，就能馬上忘記自己從哪個方向來。在國語裡這叫路痴，廣東話叫路盲，又痴又盲完全剝奪了我當一個都市漫遊者的可能性。散步對我來說很難是一件放鬆的事，所以我也算是個哲學家，哲學三大問題我每拐一次彎就會問兩個。

所以隨之而來的是我能夠快速閱讀地圖，只要打開手機，不到兩秒我就能知道接下來該怎麼走。那時我騎著單車，每個兩隔路口就從口袋裡拿地圖瞄一下，不到半小時就到了移民所。從清大到移民所，我理解城市的方法都總是位居上方，垂直懸掛，把細節全部抹除並對街道進行解剖的暴力工作。

但地圖也是沒有用的，因為原來取得居留身分不成問題，回程才是。

在清大和移民所之間橫亙著一條火車軌，把整個城市一切為二。那是下午四點，當我騎著單車回程時Google Maps帶我走上了一條與來時不一樣的路，我才發現剛剛穿過火車軌的隧道是單行道。那天下午，我沿著火車軌和Google Maps一路尋路，就像〈游泳者〉的奈迪等候一個開慢車的阿伯——但阿伯也是沒有用的，因為所有能夠穿越火車軌的天橋全是階梯，所有我找得到的隧道全皆逆向。直到傍晚下班潮過後，我才又臭又累地把單車推上天橋，在一連串飛馳而過的汽車機車旁走得像被判決流刑。

一條跨不過去的坎，奈迪的四二四號公路，我的新竹火車軌。它們象徵著我們每個人幾乎每天都碰上的難關，每天都看著一條線性的洪流束手無策，它可以是歷史，可能是政治，又或是疫情，甚至是人際關係裡被勒索綑綁成一顆粽子的日常。除非我們像奈迪那樣碰上狗屎運，剛好有個開慢車的阿伯經過，否則憑個人的肉身能怎麼跨過去。歷史是甚麼，歷史就是等一個開慢車的阿伯出現，並在等候時盡可能地閱讀與寫作，這就是我的自由意志。

不過這些也只是沿著〈游泳者〉和郊區地獄框架推論出來的論述，因為真正合理的城市規劃就跟好的小說

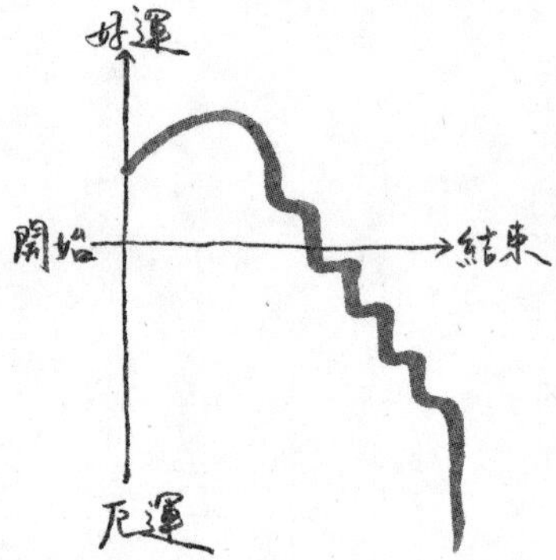

新竹拿居留證的敘事曲線（來源：也是阿成畫的）。

一樣，都是立體的。如果郊區地獄的高速公路有行人天橋，奈迪就不致於那麼慘；如果穿越火車軌的是天橋或地下道，也能夠避免塞車（這點新竹做得還算不錯，但如果你想要騎單車過去，要嘛就是腳力驚人可以上橋，要嘛就先準備好吃司機的中指）。區域設計通常都不是平面的，而郊區地獄的最大問題是它連平面都沒設計好，那就像是寫一個短篇小說連平面人物都錯漏百出，讓我們的思緒在上面像在走卵石路，還沒走到一半已經腰痠背痛。

閱讀總是靠近人物的，「小說增加了所有虛構生活的雙重性：見證另一個人擁有那種自由，就是有一個同伴，就是有其他人向你吐露心聲。」文學評論家詹姆斯．伍德（James Wood）這樣形容了小說的藝術效果。而

〈游泳者〉帶我們靠近了奈迪的走下坡，但與此同時，我們亦觀察了在他周邊的人物，那些一同喝醉的中產們，開慢車的阿伯，以及並不接納奈迪的人們。在此之上，我們思考了其他可能性：如果郊區地獄裡的四二四號公路存在一條天橋，那麼故事的轉折會不會就消失了？奈迪會不會從一開始就沒有出發過，只是喝得太醉？游泳的路線是一條象徵之路嗎，畢竟他出發時是夏天，游泳到家後都已經秋天了。但無論如何，在這裡我們所做的習作其實應該是，把那條跨不過的坎以及這些可能性統統套用到自己身上，思考事情會變得怎樣，因為有誰能夠比你，一個讀者，更為立體呢？

那些跨不過的坎，比如歷史，疫情，又或一條莫名出現的卵石路，一條搖下車窗排山倒海而來的新竹中指，我們等候，像等一個適時的阿伯出現那樣等候，並以大量閱讀隨時準備好去蓋一條地下道，在其鬆懈之時，立體地穿越過去。

—

那台單車後來我自然是丟了，那條過不去的新竹之坎當我換成機車後自然是變得輕易，但唯一沒有落下的是我的路痴和讀地圖的能力，為了知道自己從哪來及去何處，我花了不少心力研究地圖，以致後來我判斷一個地方舒不舒服的準則也出現了些問題。比如說我喜歡中山區一帶除了因為步行友好性外，還因為它有一堆直角轉角路口，甚至可能比信義區還多，看起來跟走起來都舒服。

這些一個一個組合起來的方格，從城市規劃的角度來說被稱為街區（Grid），它是一個在近數百年被大幅使用的模式。在最初的時候，城市是從村子發展而來的，而過往的人生活艱難，哪來的時間想要怎麼持續發展。而且混亂的道路也有好處，比如當敵人入侵時，迷宮一樣的街道能把他們困死。後來街區之所以大量出現，是因為理性的交通需要，

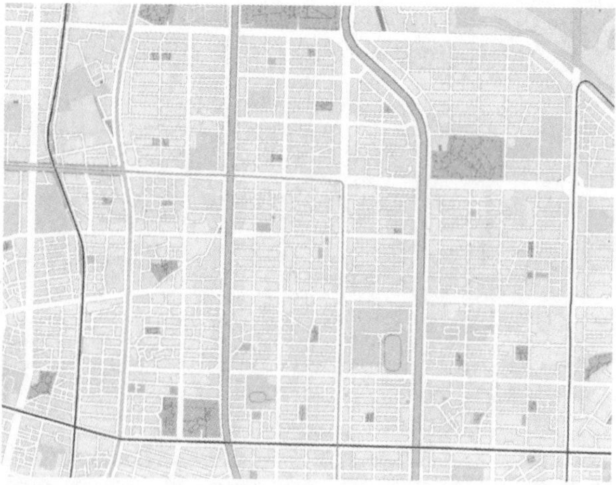

台北中山區地圖，來源：Google Maps。

比如馬直線跑起來比較快，不斷拐彎就會減慢速度。於是當政府有辦法進行都市更新時，比如一六六六年倫敦大火後，通常都會以格狀街區的邏輯規劃地區。當然，它不一定會是九十度，最主要還是一格一格圍繞主幹道。

以格狀街區規劃城市最狂熱的地方大概就是美國，那時已經是現代了，於是理性很潮。而由於格狀街區很潮很現代，又方便移動，還可以彰顯開拓新大陸時人類能夠改造自然的野心和力量，在十七世紀時政府開始把整個費城搞成格狀。到了十九世紀時，格狀規劃甚至成了國家指導方針，因為一格一格鋪下去的規劃方便擴張，又能有效塞入大量人口。於是幾個小格子組合成大格子，而大格子們又以火車串連起來，整個國家就以一種工整的格網作為脊骨，暴發戶般在這數百年迅速擴張。

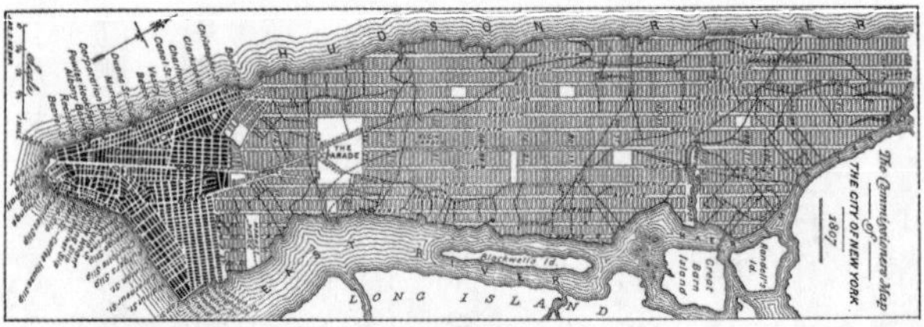

說到美國的格狀城市通常都會提到一八一一年紐約市規劃，把整個紐約搞成了綠豆糕，來源：維基百科。

格狀規劃的城市看起來就像個巨大工整的故事，人在當中漫遊時除非喝醉了，否則幾乎不可能迷路，對我來說簡直是個福音。它每個轉角都標好了號碼，每條街都按數字順序排好，人們以圖象來理解它的歷史，它的脈搏，觀察城市在整片平原上依序展開，直至一望無際。然而美國的格狀規劃很快就衍生了差評：它的主幹道太方便交通了，很容易就塞滿了車；它的格子重重覆覆，單調無聊；儘管路很好走，但其實也沒甚麼好看的。換言之，過度強調方便和理性放棄了那些枝枝節節，又被稱之為人性和自由的東西。

—

每個城市都有故事，每一條街，每一小巷，每棟建築上的裂痕和搖搖欲墜的名牌，半開的垃圾筒旁環迴立體式般的悶臭和一地棕黃焦油凝結的煙蒂，都是街區的微觀。而反過來說，故事也像是城市，有它的巷弄、交通與規劃。我們可以把文字看成一張地圖，把各個段落看成街區，而讀者從中踱步漫遊時，就能觀察作者用甚麼方法布置他的世界。從這個街區走到下一個街區，它的步行友好性高嗎？這裡的比喻有沒有延伸到下個段落？有沒有為整個作品帶來連貫性，還是搖搖欲墜如在發生饑荒？於是，當我們把文字當成地圖來閱讀時，故事就有了一條脊骨作為主幹道，它強硬地扳在標題和段落背後，隨時提醒你如果這篇文章很爛的話，在你察覺並離開以前，它就會先自行暴動毀滅了。

把故事看成一張圖表的代表人物是馮內果，這位野蠻的技術論者殘忍地屠宰解剖了一大堆故事，並且歸納出故事的原型。就像我們把城市裡的人事物全部拋下，直接指著它的地圖說：我們以鳥瞰的方法理解這個地方吧。先前我為〈游泳者〉和新竹居留故事所畫的圖表就是來自於他。馮內果首先從最簡單的故事開始，這故事叫作〈洞裡的人〉，它很簡單：一個人走到一半，仆街掉進洞裡，然後爬出來。故事結束，而敘事線如左頁圖：

光看這個製圖有種兒戲的感覺，就像小學生在畫起承轉合的圖表。但馮內果這個製圖有趣的地方是，〈洞裡的人〉這個故事圖表是可以延伸的，就像那些格狀城市一樣永遠都可以在外面多加一個。於是，他的第二個圖表叫〈男孩遇到女孩〉，它多出的一部分在前面。在簡單的「好運—厄運—好運」之前，它給予了主角一個平常的開始。它的故事是：一個人沒甚麼事發生（日常），碰到了喜歡的女生（好運），女生不理他（厄運），最後成功把到了她（好運）。

於是，這個強調理性的美國佬給

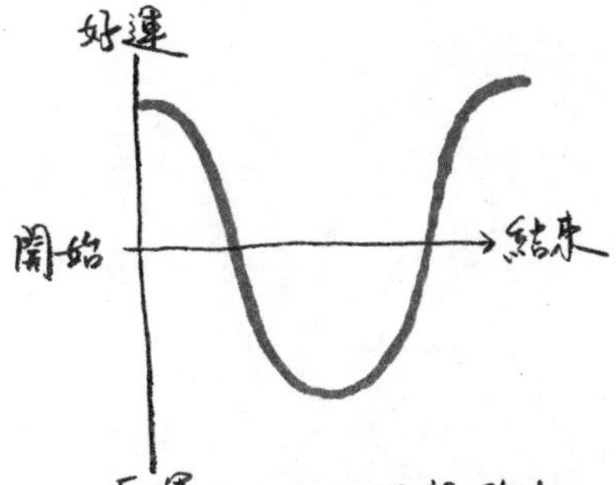

〈洞裡的人〉製圖，故事從左到右是時間線，上方是好運下方是厄運。改繪自《沒有國家的人》。

了我們一個啟示：只要替故事製圖，普天下的故事其實都是一連串可以延伸的好運和厄運集合起來，像個心電圖上上下下，有些的原型是〈洞裡的人〉，有些是〈男孩遇到女孩〉，但萬變不離其宗。我們可以說某個故事其實就不過是十次〈男孩遇到女孩〉，某個是一排拔蘿蔔般的〈洞裡的人〉。但這也只不過是一種理解方式，它是一種心法而非實際操作，城市不能強作比較，就好似我們不能

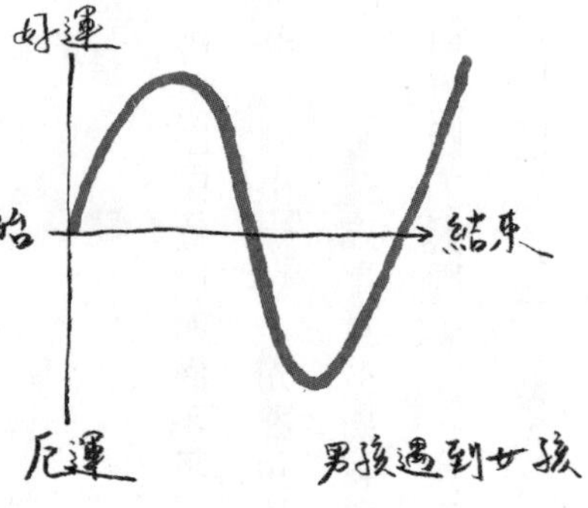

〈男孩遇到女孩〉故事製圖，改繪自《沒有國家的人》。

說紐約是三個費城，信義是兩個中山；不能說信義是銅鑼灣而中山是旺角東，這樣不準確，也不公平。

馮內果的圖表帶給我們的真正問題是，當我們發現大部分的故事都可以輕易把握、拆解成複製品時，我們應該如何在一式一樣鋪張開去的街區裡得到累積的快感而非重複的厭煩？意思是，我們知道在微觀層面上，城市有人的生機而故事有修辭比喻當門面，但是去到宏觀層面，如果城市也只不過是小街匯聚成大街，故事不過就是一排洞裡的人，我們應該從甚麼地方開始欣賞它們？它們應該達到怎樣的標準，才能稱之為有趣的？

討厭格狀街區的人總認為它死氣沉沉沒有美感，一字排開像排綠豆糕，除了過氣的理性外簡直虐待眼球；持反對意見的人會說在格狀街區不會迷路，移動迅速，能大量複製又可以賺錢。這是一個恆常的爭拗，發生在每個關於單車、火車、地圖與歷史的影片底下，而這個話題討論下去的成效可以說是零。因為路網就在那裡，除非再來一場倫敦大火，否則也沒有人會願意把路鏟掉再規劃一次。

但在討論格狀路網時，幾乎沒有人會提到另外一個極端，好似萬惡的格狀街區專屬於美國而不是歷史悠久的美好歐洲那樣。在這個古色古香、重歐輕美的幻想底下，我們來看一下西班牙巴塞隆納的衛星地圖：

這裡是巴塞隆納的擴展區（the Eixample），從一八五〇年代開始規劃，至今成為了地圖愛好者反覆分享的經典案例。顧名思義它是一個從舊城發展出來的區域，於是格狀街區這種能夠快速大量複製的設計就被提上議程了。然而，如果它的優點只不過是紅色、正方形、數量崇高那也沒甚麼好談的，只不過會是另外一個紐約或費城。巴塞隆納的特別之處在於它持續不斷地更新，使格狀城市更適合居住。而這個計畫的名字叫「超級街區」（Superblock）。

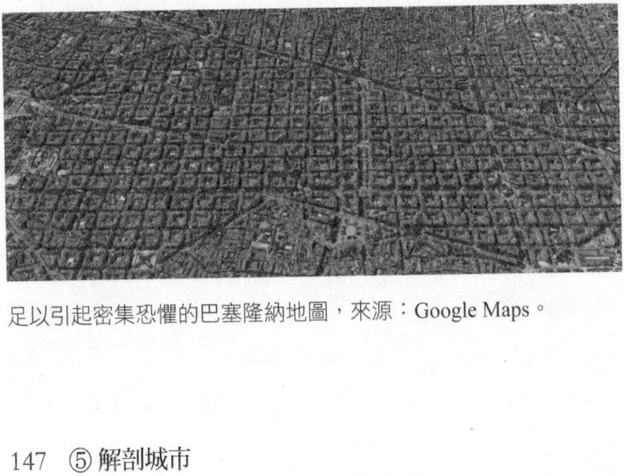

足以引起密集恐懼的巴塞隆納地圖，來源：Google Maps。

在十年前，巴塞隆納經歷了像美國一樣的問題，城市由汽車主導，於是噪音、空氣污染、交通意外等等問題密集出現，而這個在一個多世紀內快速發展起來的地區也人口稠密，換言之，它成了一個人車競技場。為了解決這樣的問題，政府沿著既有的格狀街區思考，到底該如何解決汽車問題？於是，他們進行了名為超級街區的解決方案，它有很多複雜的細節，但最主要的方法是把九個正方形的小格子連結成一個大格子，並禁止貨車和公車進入，更拓寬人行道及大量植樹。換言之，把車子從格狀街區砍掉而換上高度步行友好性，而這樣的規劃獲得其他地方的學習。如若巴黎的都市更新和十五分鐘城市概念。

換言之，就算是無聊與單調的格狀街區，它的優點只是藏在底下而並非如表面般的無可救藥。當地理愛好者在YouTube大肆批評美國街區的無聊與重複時，他們所批評的是過去而非展望未來；當他們看到巴塞隆納時就驚嘆於它的步行友好性，先前批判的單調格網又似乎不成問題了。這個討論可以置換到馮內果的〈男孩遇上女孩〉上，如果我們始終覺得這個故事窮極無聊，只不過是一條線的上下抖動時，他為《灰姑娘》的故事製圖是這樣的：

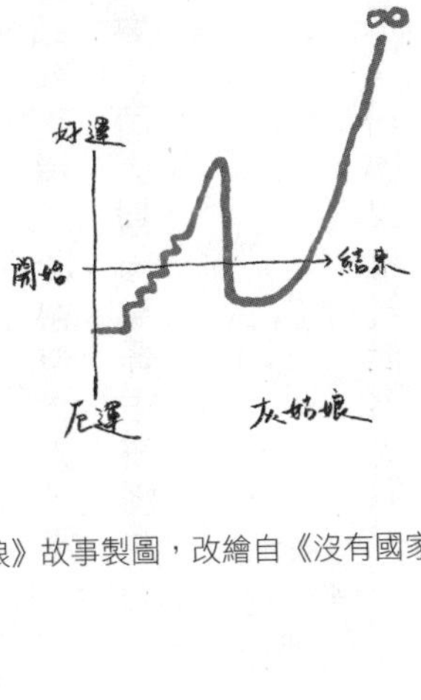

《灰姑娘》故事製圖，改繪自《沒有國家的人》。

在接受《巴黎評論》訪問時，馮內果歸納了一堆故事原型：「有人陷入了麻煩，後來又擺脫了麻煩，有人失去了甚麼東西又復得；有人蒙冤後報復；灰姑娘；有人走下坡路，就那樣的往下、往下；有兩個人相愛了，有許多人阻攔他們；一個高尚的人被錯誤地指控犯有某種罪行；一個有罪的人被當作好人；有人勇敢地面對挑戰，成功或失敗了；有個人撒謊，有個人行竊，有個人殺人，有個人通姦。」

而《巴黎評論》的記者打斷了他：「這都是很老套的情節。」

「我向你保證，」馮內果說：「現代的故事框架或毫無情節的作品都不會讓讀者得到真正的滿足，除非老套的故事情節在某個地方被走私進來。」

我不是誇獎這些情節準確地反映了生活，但它們是吸引讀者閱讀的方法。」

我向你保證，長篇大論的格狀街區絕對不是一個好東西，但只要它被更新，加入怡人的元素，它的缺點就能瞬間消失無蹤。就像《灰姑娘》從〈男孩遇上女孩〉裡脫穎而出成為了經典那樣，問題並不出於選擇宏觀還是微觀，而是在宏觀規劃當中填滿微觀，在微觀觀察時鳥瞰自己身在何方。不是對立，而是疊加。

從鳥瞰的角度觀察城市，就能看見主要幹道像脊骨一樣貫穿城市，而街區像肌肉從左右長出，直至城市站起來成為一個巨大的故事，其中人類如段落和修辭般交換著伏筆與祕密。而以鳥瞰的方法把握一個故事，就能從簡到繁地理解它怎樣長成，怎樣從根到樹，怎樣從〈男孩遇上女孩〉化為一個《灰姑娘》。世上無聊的事很多，像美國街區那樣像複製貼上的區域也很多，然而只要我們能夠變換視角，就能進入修整與規劃的角度，並且——以馮內果寫故事的最終目標來說——有系統和計畫地帶來快感。而有甚麼能比從老套的東西裡挖出新意更令人心情舒爽呢。

⑥ H.K. State of Mind

①

香港這個概念正在逐漸失去邊界，二〇二〇年的移民潮裡人們如水流散，把香港從地理的界線上拆下來塞進飛機，寄艙運往全球各地。香港這個概念也正在失去中心，儘管在地理上這個位置確實是移民潮的起點，卻因為北方的政治滅聲失去了定義甚麼是香港的力量。

兩種香港，我們可以簡單地用地理的疆界來劃分出城市內外的人。在邊界裡面的人被南下的人口和政治模式沖淡，在邊界外面的人被廣大的複雜世界轉化整合。「我們回不去了」和「nothing to lose」是二〇一九年激勵人心的主旋律，如今增磅成為沉重負擔。但在沖淡之前，那些能被稱為濃厚的香港文化究竟是甚麼？甚麼是有邊界的香港，有歷史有文化的香港？

在二〇二三年年初一個講座的問答時間裡，一位來捧場的作家朋友問我：現在台灣和馬來西亞的文學場域都在書寫歷史，你有傳承的使命和壓力嗎？半年以後，在另一個講座上我又跟他重逢——當然我們閒時也是酒友——他這次也是來當聽眾捧場。這場對談也在處理跟之前幾乎相同的問題，然而主角不是我。我跟一位做語言保育的編輯對談，很快就分出了差異：文學著重創新與破壞，語言保育著重傳承與建制。與談人站在後者的立場，將語言與民族劃上了等號，聽眾們大概也是站在這個立場。完場後，作家朋友問我：站在邊緣的感覺如何？

這並不是一種在哲學上站在外圍就能解放出能動性的甜蜜邊緣，單純就是被晾在一邊而已。這種像是坐在教室靠窗第二排倒數第三個位置的感覺，無論由哪個結構主義者來描述都是無趣的。世界的秩序在外面運行，我把麥克風放在大腿上關掉電源。這大抵就是如今香港狀況的縮影。

不過，要說香港站在邊緣總是令人感到不太對勁，畢竟，我們從小到大所聽的是「國際金融中心」，是東方之珠，哪個中心是在邊緣的？這個問題就像在問有哪種白色是黑色的。至少，如果說香港有邊緣的一面，也就只是金融作為中心，把其他東西逼到邊緣。如今，這座城市的陷落，又或當年抗爭的策略，就在於拆除它的中心地位。搞砸它，壓扁它，攬炒，燃點。

這是一篝關於團結與希望的火焰，我們圍繞著火堆訴說故事：關於希望，關於出路，關於意識形態。意識形態的定義是人們對於社會如何變得更好的反思，是一組原則上可以成立的觀念與論述，旨在描述社會應該如何建構。不過攬炒的意思是，二〇一九年所有持分者一併試圖把這座城市的秩序完完全全地搞砸，if we burn you burn with us。它是一種逆向的拆毀思維，它是拒斥的，首先是一個巨大的「我才不要」，其後是「你得不到」。

在火焰轉而成為火災之時——始終，攬炒的適用對象只有民主政府，但事實並非如此——我們像碎片一樣散落各地。在這裡，邊緣屬於地理。

如今，我們來到了火勢已衰的一刻，整座建築鋼筋外露正在頹傾，四面八方的邊界都已經取消。香港可以蔓延，但不知朝何而去；香港可以內縮，但不知中心為何。沒有中心，沒有邊緣，沒有實地，沒有飄浮。燃燒了大半年的烈火，它的餘燼成了一個符號，為我們折射出二〇一九年前還沒來得及整理的時空。只有時間，由過往時間帶來的重擔，由未來時間催生的焦慮。朋友問我：站在邊緣的感覺如何？我說：甚麼的邊緣？

②

於是，讓我們回到那抹餘燼之前，回到時間線上更遙遠的地方，我們從那端或多或少繼承了一些名為香港精神的東西。來台灣兩年的香港朋友跟我聊到，他決定再次移民拔營離去的原因是花了一大堆時間，都從來沒能搞清楚台灣的規矩，人情社會五時花六時變。他側面反映了甚麼叫香港精神：當你去到一個時空，最重要就是要搞清那裡的遊戲規則，其後找出生存之道，甚至尋找漏洞鑽營，從中積累資本，賺個花開富貴。恭喜發財這句話的威力不是浪得虛名的。

鑽空並不代表偷懶，相反，它是努力加投機的兼行並用。從七八〇年代開始，打工仔的夢想就是創業當中產，更有些拚命的會一邊自立門戶一邊為舊老闆打工。「由於創業慾望旺盛，很多華人企業內部都存在一種離心的力量；一些有經驗的經理管工都會考慮自立門戶。」香港社會學家呂大樂這樣分析：「這本來是一種會削弱企業團結的因素，但在香港的環境，卻幫助那些大廠建立一個可協助它們處理生產上需要的外判承包網絡——離廠後的老伙記跟原來的老闆保持良好關係，不少更成了大廠的外判代工。」如果這是一部輕小說，大概就是《鑽空bug玩家還能跟系統打好關係是否搞錯了甚麼》。

與這套精神並行的另一套行為準則叫做「贏在起跑線上」，鑽營是成年人的遊戲，跑道則是孩童的世界。競爭作為香港精神的主旋律，我們從識字開始已經各就各位準備起跑，一開閘就應聲彈出。這呼應了廣東話諺語「執輸行頭，慘過敗家」。人生是一場競技，去賽跑，去搶快，去作弊，去鑽營，去解難，去賺錢。漫長的競技來到終點線後，住洋樓養番狗，四代同堂或是移民享福。

然後幾十年過去，在我所屬的一〇年代裡，我們起跑，終點線卻不見了。香港精神當然也移了位，因為就算打兩三份工再做老闆，上游的路徑早已從勞動生產線上挪開，抵達金融地產的遊戲世界。資源所限，成為中產的難度跟以前更是不能同日而語。在這個世界裡，拚搏精神被貶值為一連串的屎缺。其後政治騎著裝甲車來到，移民提前進入香港人的視野，變成遊戲規則一部分。畢竟，就算身在原地，也跟成了外國人沒兩樣。

秩序扭曲的角度過大，一時之間香港人處於一個集體飄浮的狀態。在這裡，起跑線和終點線再也派不上用場，鑽營跟上游都已剎停。二〇一九年內外同時施力把遊戲規則攪炒了。同時，有人開始流亡，而移民潮亦步亦趨。這裡頭到底有些贏在起跑線的意味在，畢竟廣東人最不缺的就是諺語：行船爭解纜，買賣占先頭。既然都是重新學過遊戲規則，不如搶先去其他地方學。

在疫情期間的社交媒體最常見的就是機場合照，大家講聲江湖再見就把人生塞進飛機，降落在其他語言的遊樂場上。人在外國的 YouTuber 光是衣食住行就能捲進數千萬點閱，那是一種巨大的拉力，英美澳加的自由呼喚無遠弗屆。當然，疫情解封後可以看見他們回港探親，畢竟移民又不代表不能回家。在九〇年代的移民潮時，這種行為曾有一個中性的形容詞：空中飛人。它甚少指向貶義，更隱然使人豔羨。畢竟，那時香港哪有甚麼民族主義呢，資本主義是我們的生存手冊。

薩伊德分析了各種遠離家鄉的人，其中流亡是一種悲慘的無家可歸。沒有甚麼比起人失去原居地、失去祖國和失去家更恐怖的了：

> 流亡是如此奇特地讓人禁不住去思考它，但是體驗起來又非常恐怖。它是強行擋在一個人與他的出生地、自我與它真正的家之間不可彌合的裂縫：它本質上的悲哀永遠無法被克服。雖然在文學與歷史中，流亡者在一生中確實會有一些英雄人物般的浪漫光輝甚至是成功的事

跡，可這些不過是為了克服疏離感致殘的悲傷所做的努力而已。流亡帶來的成就，會永遠被遺落在身後並喪失的東西遮住了光輝。

在二〇一九年的移民潮裡，有流亡也有移民，也有像我這樣在外地好端端的在生活，香港忽然就原地摔倒了。但無論是無法回家或是離家出走，甚至是決定不再回頭的我們，始終都反面肯定了有一個家的概念在那裡。只是這個家的概念在歷史與政治面前彎折扭曲，已失去了原本的面貌，原本的精神。在那個曾經是家的地方，沿著原有的香港精神，將移民的推力提前發揚光大，強行擋在我們與出生地之間。它所產生的悲傷絕大程度展現在一切的錯置與移位當中。我們只好哄騙自己有機會成為開荒的英雄，儘管飛機降落的地方絕對不是荒地，而移民也不是為了成為唐吉訶德。

二〇一九年的烈火把所有人都裝配在一起，一時間我們曾以為我們可以形成一個集體。歌唱，行進，戰鬥，建築。後來邊界放鬆，所有人像鳥群一樣散開。一切像是橡皮筋般嘗試彈回原狀，卻又卡在中間半鬆不緊。走先，係咁先，下次再玩。

③

現在沒人說香港村了，也沒人說要建立流亡政府，零星倡議團體，沒有大型社群。制度性的討論和行動組織在疫情和國安法過後，連帶著離岸民族主義一起停擺。生活是一個研磨器，理念是細碎的大麻，只有假日時才會點燃一些。

畢竟香港這個概念從地理而來，失去疆界後一切從頭來過。解疆域化並不一定能夠換來能動性，一如靠窗第二排倒數第三個位置的無能為力。如今要講述香港民族的界線，靠著他者是不可行的，畢竟不只香港人的敵對他者是中共；語言是不可行的，地球八千萬講廣東話的人中香港只占一兩成；行為是不可行的，香港人沒有共同行為準則；宗教與文化更是不應該單一化。當然，要在二〇二〇年代框出一個香港民族顯然是不可行且頗為危險，它畢竟就只是個從地理衍生出來的概念。我們身處在一個相當麻煩的時代。

在那個關於文學和語言保育的講座裡，我不得不將廣東話與香港的關係鬆動開來。畢竟，現在香港人失去的是土地與政治話語權，失去自由，失去作為人的尊嚴，而語言相比起來實在沒那麼瀕危。這套語言自古而來在南方深耕細作，還搭上了現代化的海港貿易直通車，又在香港避過了中央極權，它早於香港人發現自己有辦法成為一個民族前就已建立了足夠的自信，而香港的都市化發展也讓廣東話昂首挺胸地更加驕傲。它甚至有足夠的力量去嘲弄英文，把它吸納進系統裡搓圓撳扁。當然，後來的北方政權決定削弱它也不是沒有道理，削弱了語言就等同削弱了當地人的自尊。後來我們帶著這套語言流遷各方。

也許靠的也只能是文化，才有機會在搞砸一切的荒原裡遍體鱗傷地站起來。那是陳冠中在〇〇年代反思的文化根源，雖然當年他所提出來的「雜種本土主義」，仍然處於對應中港融合的框架裡。他提出了香港在五〇年代已經至少有八個可識辨的文化系統：①中國傳統文化；②廣東地方傳統文化；③廣東以外各省地方傳統文化；④民國新文化，中國人過濾過的現代性思想，主為上海摩登；⑤中共黨國文化；⑥英國殖民地文化；⑦世界各地文化，以西方文化為主；⑧雜種本土文化，創造性毀滅的、混血的、自主創新的新品種、新的傳承。

第八種文化是他高舉的大旗，雖然說，第五種文化的滲透力如今已經獠牙盡現，如今我們帶著除它以外的文化流遷各方。至於其他種種，在漫長的歲月流逝後，如今也很難說要怎麼重新應用。也許，如今面對著龐大的北方壓迫，我們可以參考的是八〇年代的昆德拉。他在《一個被劫持的西方或中歐的悲劇》裡，告訴我們小國應該如何是好：

中歐是甚麼？是俄國和德國之間的由小國組成的不確定區域。我要劃出重點：小國。〔……〕小國就是其存在隨時可能受到質疑的國家，是會消失的國家，而且他們自己深知這一點。法國人、英國人、俄國人不太會問自己的國家是否會延續下去，他們的國家只會提到偉大和永恆。而波蘭的國歌這樣起首：「波蘭尚未滅亡……」

何以這土地淚再流，何以令眾人亦憤恨？香港人擅長在一套遊戲規則裡尋找空隙，直到遊戲的控制者們禁止新人進場，修改規矩，朝秦暮楚。而如今香港人們想在新的時代裡建立新的規則，數年過後，也許這實在不是我們所擅長的事情。沒有說明書，沒有良好案例——數年前，還有一些香港人說要學習猶太人千年流徙。看到以色列放幾千顆飛彈去屠殺巴勒斯坦平民，我希望大家反思一下不要亂用比喻。

如今始終不應該是一個用民族主義來框定群體的年代，排他與民粹永遠是最熱情的後備軍，在板凳上隨時等著鑽空爭勝。要凝聚一個群體首先需要理由，我永遠希望那不是出自於怨恨邏輯。如今沒有香港村，沒有流亡政府，沒有邊界，沒有中心，沒有定義，離岸的民族用減法削除到最後，如若百年前的思想家們佇立荒原，舉目皆是虛無。現在正是時候思考怎樣用加法增添意義。畢竟無論是哲學或經濟學，它們最重要的事情，是創造新的價值，而不是凝視著過往持續嘆息。又如昆德拉所提醒我們的，中歐的反抗為何會失敗：

中歐的反抗是有一點保守主義的——我幾乎要說是不合時宜的——性質。它絕望地試圖要重建逝去的時間，逝去的文化時間，逝去的現代時期，因為只有在這一時期，只有在這個保留著文化維度的世界裡，中歐才可以捍衛自己的身分，才能以真實的樣子被人看見。〔⋯〕但在鐵幕後面，他沒有意識到，時代已經變了，即使在歐洲，歐洲也不再被視為一種價值。

④

也許我們可以回到七〇年代的香港尋找藍圖，那是這座城市經濟起飛的起跑線，一個可歌可泣的工業時期。亞洲國家提供原材料，西方國家提供生產資料，香港這個殖民地的工業模式就是製作標準化的消費品，輸出到西方高收入國家。「本土工廠以加工、裝配為其主要負責的工作，基本上是勞動密集型，以廉價勞動力作為重要的競爭條件。」呂大樂這樣歸納：「香港製造業跟世界經濟的連繫方式〔……〕是本地廠家接到來自海外市場的訂單，進行生產。」

香港模式、香港精神的起點就在七〇年代的裝配生產裡，它把所有人都席捲進去，構成了一台轟隆作響的工業機器。機器所指的是「由各種耐磨的部件構成，且每個部件都有特別的功能，在人工的操作下能夠傳送動能、進行工作的集合體」。這個集合體是黃金八〇年代的背景，刻苦耐勞與精明彈性二合為一，暢通的上游路線與新自由主義的個人化，令香港每個人都可以隨時成為最低限度的機器，德勒茲與瓜塔里（Gilles Deleuze, Pierre-Félix Guattari）式的機器：「機器一無所指，它們只要運行、生產和發生故障就夠了」。

在廣大世界互相聯繫的複雜運作底下，距今五十年前，香港人用肉身勞動第一次裝配了這種名為香港精神或香港模式的東西，它直接兌換成了自豪與驕傲。在地理疆界以內的人，儘管來自五湖四海，確實共享著同一套遊戲規則，任由加入退出。在這套規矩裡，無論站在哪個方位，想要裝配出個人、家庭、階級、資本，都前所未有地順暢流動。「由眾多中小企所構成的行業生態環境，正好為整個行業打造出一個具備彈性的生產網，令香港廠家以靈活的方法去面對市場的種種挑戰。」在這個年代，殖民地創造的利潤溢出了殖民主的期待與需求，養分開始供向香港本身。

其後又過了二十年，生產模式逐漸跟不上時代，工廠開始北移降低成本，香港漸變為今日可見的前店後廠模式。但裝配生產的增值精神依然傳承下來，這台機器咆哮著運作，將任何新加入的人直接推上極速運轉的輸送帶。這就是孩童贏在起跑線上的陰影，而它也反映在成年人的世界裡，它叫作進修，反映的是上進心。這一直延續到主權移交以後，香港慢慢發現再怎麼裝配都與時代鬆動脫勾了，一場龐然不可測的日蝕在北方朝令夕改，世界仍在不停重組，而香港的裝配落後了。

當裝配機器的流動力量被阻塞後，一般而言就是兩種解決方式。第一種是像電腦當機時向主機狠狠踢一腳，希望冥冥之中外面有甚麼機器神下凡救人於水深火熱之中。香港這台裝配機器位於全球資本市場系統的一角，嘗試研究遊戲規則並鑽營變陣，當複雜系統改變運作模式時，就踢一腳期待系統繼續眷顧自己。所謂的複雜系統，是指「由大量組合組成的網絡，不存在中央控制，通過簡單運作規則產生出複雜的集體行為和複雜的信息處理，並通過學習進化產生適應性」。那就是香港模式外在的機器神，一個全球資本主義網絡，它的運作講求天時地利人和，再怎樣踢它的主機也不代表它一定能重新接通運行如初。

另一個方法是把機器拆開，重新建立一套系統。這裡的問題就在於憑甚麼有些人可以重組系統，他們是誰，有甚麼合法性？在一〇年代的政治環境裡，最常見的口號就是「解散大台」，去中心化，一九年正式定名為如水抗爭。如水的複雜理念所拒斥的，就是爭勝的領導權，簡稱建立大台。我們可以想像像拉克勞與墨菲（Ernesto Laclau, Chantal Mouffe）這樣的左翼理論家創造出來的應用概念在香港如何碰上阻礙，因為爭奪領導權和話語權的民粹策略與香港從下而上抗爭的分子化裝配走上了相反路線，更何況平台被從上而下地逐一拆毀。由是，機器就一直存在於那裡，沒人可以拆解翻修，只能等待複雜的外部照顧。這直接呼應了呂大樂所分析的香港模式：

一般香港人的心底裡存在兩套標準：一套是規範性的，指香港人長期以來重視的價值、規矩、處事方式等等；另一則是大家從來未有清楚說明，但又視之為一種有例可依的制度。後者正是「香港模式」。

這種同時相信又反對中央權威的矛盾情緒，一路延伸到如今成為了「兄弟爬山各自努力」的側面陰影。在二〇一九的集體情結下，香港人站在一起，歌唱，行進，戰鬥，建築。然而烈火退去，餘燼所竊竊低語的問題是：究竟誰是兄弟？誰來決定誰跟誰是兄弟？這台裝配機器應該著重個體還是民族？民主還是資本？流動還是規矩？去中心還是中心？政治學家阿克塞爾羅（Robert Axelrod）由於關注軍備競賽，在冷戰時期開始研究囚徒困境。他的問題是：「在一個自私的世界裡，如果沒有中央權威，合作要如何才能出現？」而最著名的回答要上溯到霍布斯（Thomas Hobbes）：合作只有在存在中央權威的情況才有可能發生。而香港的狀況是，過往的中央權威是全球資本主義與積極不干預的民主政體，及後一九九七年中央權威外判給了一個北方的他者——直到移民者們意識到他者的陰影沒有強大到可以籠罩到生活的各方各面，複雜系統又再次解散為各自爬山了。在這裡，地理疆界再次切分了城內城外的群眾。

然而，無論身處在哪個位置，當外在世界過於複雜而無法憑藉裝配的說明書突圍時，我們無可避免地退回個人，回歸到各自努力而懸擱兄弟爬山。畢竟，最艱難的仍然是生活本身。在移民潮以後，由於接觸多了移居的案例，我在台北聽聞了兩個關於裝配自身的故事：

第一個是關於機場的，話說有個香港女人在台灣求助，說丈夫在桃園機場被捕帶走。她丈夫從香港來桃園機場轉機去新加坡做生意，一落地就被警察帶走。她不知如何是好，只好飛來台灣求助。後來經過一番調查，原來她丈夫，儘管在香港成長發跡，跟上黃金時期白手興家，裝配出美好家庭，但在那之前原來他是個台灣人，是移民去香港的。於是，他忘了服兵役，也許還忘了自己是個台灣人。多年逃兵，落地即捕。

第二個是關於職場的，一個不算是朋友的香港女人，在舊地的名聲不算很好，政治傾向比較靠近先前說的拉克勞與墨菲。抵達台灣後也跟香港群體比較疏遠，只是後來，聽聞她在職場上儘管初時闖禍連連，卻願摶願捱，知錯能改，一路硬著頭皮嘗試搞懂台灣的遊戲規則，開始建立了人脈。我不知道她有沒有成功找到空隙鑽營，但確實可以看見，她開始把台灣的遊戲規則裝配起來，當成生活的武器了。

在龐大複雜的世界裝配自身的兩個道德教訓：不要遺忘自己從何而來，不可否定自己將有歸宿。

⑤

七〇年代的彈性生產網暗示了我們的創造力可能從這裡開始尋找，在這裡，香港人裝配出了城市的精神與模式。它同時述說了另外一點：如果生產必須依循市場的建制，創造也同樣需要規矩。鑽營和遊戲規則的邏輯跟游牧和建制是類似的，在德勒茲與瓜塔里那裡，統治者在原始村落共同體上建立了一個帝國機器，並對一切進行編碼，設立了各種各樣的建制，並把人的本能吸納進去。但與此同時，帝國的邊緣地帶卻進入了另外一種冒險，它們自我編碼成游牧戰爭機器。

以香港作為例子，大英帝國在這個「屋都無間的屎坑」（A barren rock with nary a house upon it）安裝了它們的帝國機器，一些在這裡的人選擇與政府合作，但投機分子實屬不少，他們走私，賺差額，賺翻譯費，當然偷呃拐騙也少不了——這種邊緣的生意經是香港模式精神的雛型。在這種建制與游牧的角力裡，一方想整合另一方，而另一方則受到外部的召喚——即便在互相混合的時候，兩者也沒有停止對立。互相編碼，互相刺激，互相敵視地吞噬前行。

也許，如果我們今天的群體並不是創立規矩的能手，又在目前的時空裡退回個人層面的奮鬥，游牧式的累積資源與從七〇年代以降的裝配思維，將會鋪出我們的跑道與武器。儘管我們並不身處香港的邊緣，整個香港如今無處不邊緣，但這種根基被抽空的感覺——一個人與他的出生地、自我與真正的家之間不可彌合的裂縫——足以讓我們稱自己處於世界的邊緣。個人，家庭，群體，人在異地（或原地被編碼為異地）組合出生活的全新機器，並將它偷渡到遊戲規則裡，持續解釋，發展，編碼，翻譯——說屬於我們的話，只有我們才能說出來的話。

而文學終於可以從這裡尋找到一個切入點。這門學科對於生產的思考從未停竭，並且對於邊緣有種病態的迷戀。無論站在意識形態的哪個光譜也好——偏左的巴塔耶（Georges Bataille）強調的是規則的界限，指出法律是為了違反而存在的。只要踰越規則，就能獲得顛覆性的狂喜。無論是情色，殺戮，暴力或一切駭人聽聞的舉例，巴塔耶強調的始終是法律邊界的重要性，超越禁忌，超越道德，而並不廢除。超越遊戲規則，並不搞砸。就在越過界線之時，可以部分激進地生產出邊界思考。

又或偏右的馮內果，相信講故事的過程是機械的，跟如何讓故事運轉的技術問題有關。他自稱為「野蠻的技術統治論者」，認為小說可以像福特汽車一樣修修補補，只為了讓讀者獲得快感。他認為，無論是怎麼創新或激進的概念，都總需要偷渡進一些古老傳統的故事元素：男孩遇上女孩，灰姑娘，被誤會後解除誤會，王子復仇記。唯有這樣，才能讓讀者停駐下來，唯有這樣，才能生產出故事的意義與快感。

甚或是嘗試居中突破的巴特（Roland Barthes），建立批評以便管理文學的規則。「批評是為了產生意義的」，文學可以激進，是滑稽模仿再加以模擬來使原初的規矩消失，也可以販賣，將故事與商品打上一個等號，讓它能在市場流通。最重要的是持續下去，保持彈性，一如他的大哉問——「難道把中產階級文化當作異國情調去享受也不可能嗎？」——讓書寫可以依靠著規則流傳下去，各種持份者們維持著生產線的轟隆運轉。

「香港的故事，為甚麼這麼難說？」這個來自也斯的大哉問的基礎是，故事為甚麼這麼難說。香港是在它之上的一個外殼。而文學之於我們的意義大抵就是，持續發明自己，持續取樣。持續研究遊戲規則，持續鑽營與突破。我從香港而來，又對這座城市如此陌生，如今思考的是這座城市的呼吸與質地與文學的真正親戚關係是甚麼，我對穿上關懷或精英的鞋子都保有懷疑。香港的光輝綻放在七、八〇年代的裝配流動性之中。

如今在攪炒過後，在城市的疆界與中心變得模糊不清的年代當中，不代表個人將要變得被動，又或喪失道德信念。與此相反，在廣大的複雜世界裡人直接變成了系統的邊緣，從城市的界線裡解放出來。在這裡，我們可以回到文學的裝配技術，趁機飛越城市的疆界，讓它變成一件面向世界的事情。而德勒茲認為：

寫作只有不委身於既定的秩序話語，才會包含生成，但其自身繪製的逃逸線是相當獨特的。大家會說，寫作只要不是官方的，它自身就必然與「少數派」有所關聯，這裡的「少數派」並不必然是為自身寫作，也不是寫那些未有人涉及過的目標人群，恰恰相反，它們只是在寫作的實踐中隨意捕捉來的個體。少數派絕不是現成的存在，它只是在逃逸線上才可生成，同時也在這條線上前進，進攻。

在散落各地之時，文學是一個將點與點聯繫起來的驛站。

⑥

讓我們回到那場對談，即便文學和語言保育這組爭論看似是無解的，好像是跨學科無法調和的矛盾，然而這種衝突在文學內部都已發生過了。布朗肖（Maurice Blanchot）在一篇名為〈文學如何可能？〉的文章中，所詢問的其實也是一樣的問題：究竟怎樣才算是創新，怎樣才是守舊？他首先定義了作家的要務，作家在他眼中是個對文字謹慎無比的人，為了完美，甚至會決定擱筆不寫。「作家，那個因質疑語言有效性這唯一的事實而顯得與眾不同的人，那個以阻止一部成文作品的形成為己任的人，最終如何創造出一部文學作品？文學如何可能？」

文學如何可能？這個問題在布朗肖眼中也是一個兩極搖擺的鐘擺，一場拔河，一次陳詞濫調（舊）與完美化（新）之間的拉鋸。強調創新的人「希望語言是可理解性的一種徹底的完美化。如此的野心導致了甚麼？一種語言的發明：一種沒有陳詞濫調的語言，一種沒有表面之含糊的語言，其實就是一種不再提供任何尺度且徹底擺脫了理解的語言。」創新導致溝通的失敗——讓我們想想那些標榜語言實驗的所謂先鋒作品吧——但與此同時，站在陳詞濫調的那一方也不可取：「他們對一種不可通達的純潔性的關注，最終抓捕了種種的慣例、規則、體裁，直至完全地放逐了文學，讓他們的祕密在一切文學的形式之處變得可以察覺，才善罷甘休。」

文學的可能性在於它永遠在完美與陳詞濫調之間拉鋸，在這裡，我們看見了權力所帶來的張力，而文學家們需要選擇立足點，一如選擇創新與保存之間的地基。這與香港人尋找遊戲規則其後鑽營的思維是類似的。以德勒茲的話來說，這就是在逃逸線上的寫作實踐中隨意捕捉來的個體，把它們裝配起來，組成屬於自己的東西。

在大敘事崩解，複雜系統無法進入，民族主義危險的時代，我們回歸個人生活。而寫作就是一種個人技藝的彰顯，讓文學這台機器構築成一個可供通過的驛站，如巴特所形容的：在歷史與作品之間存有許多必須由書寫來填補的驛站，人們必須努力去辨識這些數不盡的驛站（也許這正是批評要做的工作），這麼做並不是要把文學孤立起來，反而是要去了解引起人類不幸的束縛是甚麼，這才是文學的真正要務。

又或是，這是生活的要務。我總想像有朝一日，香港人的社群雖然遠隔四海，但可以像是點燃狼煙的烽火台一樣互相示意，互相聯繫，互相傳遞，從點，到線，到面。

而這條傳遞的游牧路線，可以一路參考回千年前的絲綢之路。在歷史學家韓森（Valerie Hansen）眼中，絲綢之路並不是一條由長安一路通往羅馬的商路，而是由多個短程路線穿插而成，漢帝國和羅馬帝國從未有過兩地的直接貿易，絲路貿易的常態是綠洲居民透過短程，以物易物的小規模貿易。由短途接駁，形成一條長路，如若烽火台，如若分隔各地的我們。只要個體持續生產，終究可以裝配出一條覆蓋全球名為香港的生產鏈，帶著新的編碼，新的制度。我們撿拾歷史，撿拾理論，其後生產。又如德勒茲所形容的：

作家是少數派分子，這並不是說寫作的人比閱讀的人少；當然今天這也不再是事實：它意味著寫作總是會遇到不寫作的少數派群體，並且寫作不會在其位置上或按其所求，負責為這一群體寫作。但存在著一場相遇，在那裡，他們互相推動，憑借著一種結合的解疆化，將彼此推上了逃逸線。寫作總要和另一些東西結合，和其自身的生成結合。這裡重要的並不是模仿，而是結合。

自七〇年代至今才五十年，香港的裝配，德勒茲的裝配，所產生的動力不應該被我們拋諸腦後。發明自己，嘲弄規矩，生產意義，提供驛站，這些技術無論身在政治光譜的哪裡都用得上。昆德拉在〈文學與小國〉裡提出了一個問題：「這個不斷融合的世界將會在未來毫不猶豫地、完全正當地質問我們：為甚麼要在一百五十年前選擇這樣一種生活？」而我們幸運的話，將可以在架起驛站時點燃狼煙，回應道：因為這就是香港，這就是生活——而這就是我的文學，我的濾鏡。

⑦ 敘事暴君

昆德拉享負盛名的《生命中不能承受之輕》劈頭就引述了一段尼采：「永劫回歸是個神祕的概念，因為這概念，尼采讓不少哲學家感到困惑。」這段描述所帶來的困惑，並不只是尼采賜予給哲學家的美好難題，更多是落在我們——小說讀者——身上。我們大概是最困惑的一群，這段引文跟小說人物的關係是甚麼？而且除此之外，昆德拉為甚麼常常採用反問句？又為甚麼總是用「我們」來解釋哲學問題，我們有很熟嗎？

昆德拉的敘事風格是自成一家的，這也是他能在上世紀末獨領風騷的原因。但為甚麼是這種風格，而非其他？要解答這個問題，我們要先知道昆德拉如何想像「小說」這個體裁能夠承載的事物，它具備了甚麼任務。「發現那些唯有小說才能發現的事，這是小說唯一的存在理由。」這位博覽群書、寫小說如若論述、強調自由和他方的作者在《小說的藝術》裡闡釋他的文學觀：「一部小說如果沒有發現一件至今不為人知的事物，是不道德的。認識，是小說唯一的道德。」

在小說裡，昆德拉嘗試帶我們去認識的，大多是現代人忽視的生活狀況，比如某種懷舊心理，又或思鄉、媚俗、無解的性慾，諸如此類。而他總像個交通警察，伸手把故事截停，再插入一段哲學討論或夾敘夾議，把人物的頭擰向他的思考。「認識是小說唯一的道德」，這句武斷的話折射了一種奇異的光：如果只有認識作為小說的道德，那我們為甚麼需要小說？為甚麼是文學，而非哲學科學經濟學宗教，又或其他？小說要怎樣承載認識之事？這真是個神奇的概念，因為這概念，昆德拉讓不少文學家感到困惑。

—

「文學的作用就是讓理念去實現對思想的思想。」哲學家巴迪歐（Alain Badiou）在〈文學在思考甚麼？〉一文裡歸納了文學最基礎的作用，在這裡，巴迪歐的文學與昆德拉的小說概念可以互通，它們都是對於思想的思想，就像《生命中不能承受之輕》在思考尼采的永劫回歸那樣。而這種思想在昆德拉眼中，應當要是新的、未經發現、未經琢磨過的，一個作者帶讀者去認識新的事物，像導覽員帶小孩撫摸水族館的玻璃，這就是昆德拉的道德。

昆德拉所發現的東西可真不少：歷史與遺忘的鬥爭、媚俗與污穢的對立、此處和他方的角力、輕與重的互補。我相信昆德拉的忠實讀者絕對能舉出比這多十倍的例子，他的小說就像解剖，把故事麻醉暫停，將人物切開，讓尖銳的觀察玻璃碎片般灑滿一地。「其實，要說文學在說甚麼並不難。」巴迪歐指出：「文學談的是一般的人類主體，它知道他的失敗，知道他的脆弱，在此之上，它改變了聽天由命的必然性。」昆德拉的小說所談的就是人類的這些面向，在理性和客觀主導的現代社會下，這些軟弱的部分、輕的部分，讓人得以觸碰到偶然。而偶然，在昆德拉和巴迪歐眼中，都是生命裡美好而璀燦的寶藏。將必然性從命運轉移到作品裡，是昆德拉將狄德羅《宿命論者雅克》改寫為《雅克與他的主人》的要務。

對於思想的思想，就是昆德拉小說的內容。那麼，問題就在於他採用怎樣的形式呈現內容？最直觀地採用二分法來分析的話，昆德拉是講述（telling）而非描繪（showing）的大師，他會停下來中途介入，跟你分析事情，而不會呈現事情是如何發展到這個地步的。在《雅克和他的主人》中，沿用狄德羅概念的昆德拉甚至指出了：人物怎樣來到這裡是可以被隱去或忽略的，最重要的是，小說要去分析人物現在的狀況。

將講述和描繪對立起來是種老舊的神話，一種對於沉默與留白的暈船。彷彿文學或電影必然要用描繪才高雅，而講述就是下里巴人的酒吧尬聊。說故事的傳統強調講者和聽者之間你來我往的互動性，描繪有它含蓄的格調，講述也有它外放的鋪張，昆德拉想要表現出現代人的複雜，而這種複雜恰恰好就是要強調：在一個淺薄的表象之下，人的思維必然是多向、複雜、有背景、甚至可能是非理性的。而這裡就是講述進場的地方，唯有不惜在故事進行當中伸手截停它，把時間如若橡皮拉長，仔細解釋發生甚麼事，才能比較完整地交待其中奧妙。「認識是小說唯一的道德」，為了道德，昆德拉寧願將描繪擱置在旁，也要把他的認識講述得清清楚楚。

比如在《無知》這部小說裡，作者描述了一場奇異的誤會：在蘇聯入侵捷克過後，一名男子和一名女子分別流亡到不同的國家，結婚工作落地生根。多年以後蘇聯解體，他們各自回鄉探親，並在偶然之下碰面了。他們決定開房做愛，這兩位移居外地、多年沒有講過母語的捷克人一調起情來簡直是天雷地火，講起母語髒話來更是豐滿多汁：「多麼出乎意料！多麼令人陶醉！二十年來，這是他第一次聽到這些捷克的髒話，他一下子就興奮了起來，彷彿他自從離開這個國家之後就沒那麼興奮似的。」

你以為接下來就是性愛描寫了嗎？當然不是！多麼出乎意料！昆德拉中途折斷了這種興奮，然後開始講述他的發現：「因為這些粗俗、骯髒、淫穢的話，只有在他的故鄉的語言裡，才能對他發揮作用，正是因為這語言，為了這語言深遠的根源，他才會湧起一代又一代、代代相傳的興奮。直到此刻，」敘事者像足球旁述一樣口沫橫飛：「兩人竟然都還沒親吻。現在，兩人興奮異常，幾十秒鐘過後，他們就開始做愛了。」入咗！Gooooaaal！

在昆德拉的小說裡，時間是多重的，人物有人物的時間，但敘事者隨時可以把故事按停，比如讓流暢的性愛過程中止，像用手機看影片看到一半時彈出一個不得不接的電話，又或遊戲即將破台時彈出一個色情廣告，而人物的時間就會併進了敘事者中途介入的講述。雖然是說，寫作這回事往往是從中介入，它比開始和結束都要有趣，但它也是個最不舒服的處境，因為原本的流動被暫停了。不過，正是這種暫停加旁述才能承載昆德拉的思考，否則，作者要怎樣才能仔細表達這對男女久未回家被生疏口音激發的情慾？昆德拉並不放心讀者可以在閱讀描繪過程後得到與他相同的結論，因此，他的描述總是在外面的，是圍繞著人物的衣服，我們從厚重的材質剪裁和洗衣標籤上認識到它的多元和複雜。

—

「在布魯姆的腦袋裡，喬伊斯（James Joyce）放了一支麥克風。藉由內在獨白這個神奇的臥底，關於我們是甚麼，我們知道了非常多的事。可我不知道怎樣用這支麥克風。」昆德拉在說述他對於《尤利西斯》的觀感時，把自己的缺點坦白從寬：在他的小說中，外部的聲音比內部強大太多，人物的聲音總會被敘事者的聲音徹底壓垮，一如那對做愛的捷克人會被講述鄉愁的聲音蓋過一樣。

在文學史上確實有很多讓人物徹底聽話的作者，最著名的是納博科夫（Vladimir Vladimirovich Nabokov），他曾經講過，他驅使筆下的人物就像驅使一個農奴或者一個棋子，「如果我要我的人物過馬路，他就過馬路。我是他的主人。」這種觀點無所謂優劣，因為一篇小說確實是從作者手上生出來的，而作者有權力對自己的人物為所欲為，他只需要去考慮人物的說服力，換言之，他的人物寫不寫實。

而這種權力到了昆德拉手上時，獲得了橫征暴斂的力量：它中途就像臨檢般截停角色。就以過馬路為例好了，昆德拉會讓人物先自行走一段路，走到馬路中間時就喊停時間，開始插入議論。他會以一段問句開始，為甚麼這個角色會在過馬路時想到這些事情？然後說馬路的定義、人為甚麼要過馬路、馬路的前身是甚麼、捷克文和法文裡馬路的幾個同義詞、馬路和自由的關係、馬路現代性、馬路哲學、蘇聯開進捷克的坦克有沒有停紅燈。諸如此類。而他的人物就會停在那裡，等論述過了才能繼續行動。昆德拉的議論就是平交道上二三十節的貨運火車，截斷了一切。

這種做法有時甚至還是橫行霸道的。在《笑忘書》裡有一名角色名為塔米娜，她的整個存在都是一個比喻，用來反映一個過氣的、不合時宜的舊時代捷克人狀況。「我將為她起個絕無僅有的名字，一個從來沒人用過的名字，」昆德拉這樣寫：「這是一部關於塔米娜的小說，當塔米娜走出舞台的時候，這就是一部為塔米娜寫的小說。她是故事的主角，也是故事主要的聽眾。」

她所象徵的是舊時代的捷克人，於是她的故事必須落幕於與新時代的矛盾衝突中，這是小說理所當然的發展軌跡。而昆德拉寫她的方法，簡直令人嘆為觀止。因為直接寫她和新時代的衝突會過於明顯，又沒有辦法讓她在平靜的生活中好好落幕，於是他決定，要用一個詩意的結尾，要如夢一般把她從現實世界抽離。他讓她流落到一個只有小孩（下一代）的孤島上，但在此之前，她一直都是在一個寫實的世界與寫實的人物打交道的，要怎樣才能把她擄到一個虛構架空的寓言世界裡呢？於是，接下來就是我所看過「讓人物過馬路他就不得不過」式書寫最最無賴的描述了：「為甚麼塔米娜會出現在小孩的島上？為甚麼我會想像塔米娜出現在那裡呢？我不知道。」這文學成就及人物塑造堪比《進擊的巨人》結局。

寓言體最大的問題在於，它時時刻刻都在提醒讀者：我是假的，是個比喻，真實的意義在他方。昆德拉的人物也時時刻刻告訴讀者，真實的意義在我們上面，在昆德拉那裡。他們都是一些棋子，任由擺布，事做到一半可以用來證明論點了，那就停下，後來昆德拉甚至連說服讀者它是真實的都懶得做了。在《雅克和他的主人》裡，角色想到自己的造物主，也就是作者，於是他們說：「我們應該敬愛創造我們的主人；我們愛他的話，就會更快樂，更安心。」他們之所以這樣想，是因為昆德拉批准他們讚美自己了，用來證明真實的意義在人物之上。米蘭・昆德拉，這個多嘴的雜貨店老闆，驕傲地向你指明每件貨品的歷史和瑕疵，他的思想統治了敘事，反思就像贈品一樣送給讀者。而那些贈品本身的價值低得像免稅店送的鑰匙圈。當一個作者告訴你某個角色是主角時，就代表了，她的重要性低得需要被重點提出，而重要性全部都在敘事者訓導主任般的說教當中。

—

要判斷一部小說的成就高低有許多標準，當昆德拉說到小說「唯一」的道德是認識時，我們可以預見它的武斷與危險。除了思想以外，需要技術、形式、敘事、結構、對話對象等等元素綜合起來，才能形成一部好小說。「我以為小說之失敗，不在於人物不夠生動或深刻，而在於小說無力教會我們如何適應它的規則，無力就其本身的人物和現實為讀者營造一種飢餓。」伍德指出了小說的重要核心：它有規則，而它要說服讀者投入它的世界，並且飢餓地想知道接下來發生的事。

昆德拉能夠營造飢餓，比如《無知》裡那對流亡男女終於回鄉時即將迎來甚麼故事、《笑忘書》的塔米娜到了孩子島的未知遭遇、《雅克和他的主人》中角色從何而來又要到哪裡去、《生命中不能承受之輕》四個人一條狗的下場。諸如此類。問題在於，昆德拉過度著重「小說唯一的道德」：認識。這是對於立體人物的狂熱，絕對反對標籤化和扁平的性癖，於是人物就像氣球一樣吹脹了。讀者被中途插入的敘事搞得暈頭轉向，一如哲學家被尼采搞得困惑頭痛，不只飢餓，讀者被沉重的論述搞得腰痠背痛，而昆德拉還恐怕你讀不懂地持續堆填。

到了最後，小說的主角就成了這個填滿的動作本身，這個手勢，這雙孜孜不倦無時無刻都在勤奮補貨的手。小說強調的自由和立體在這刻倒轉過來，而敘事者成了控制人物的暴君，因為他的人物除了過馬路要聽話以外，每個細胞每個毛孔都成為說教的論據，除此以外幾無價值。「整體而言，小說不過就是一個長篇的質問，沉思式的質問（質問式的沉思）是我構築所有小說的基礎。」昆德拉這樣說，這種質問會導致的直接後果，就是人物只是個論據。

到了最有名的《生命中不能承受之輕》，這種技術更上一層樓，它除了一邊解釋一邊讓劇情推進外，甚至嘗試建立系統。在〈誤解的詞〉一章裡，昆德拉採用了詞典形式來解析他的人物：「如果我把薩賓娜與弗蘭茲的談話記下來，可以編出一本厚厚的有關他們誤解的詞匯錄。算了，就編本小小的詞典，也就夠了。」於是，他攔截了正在發展的故事，進入了他擅長的夾敘夾議中，換言之，人物再次變成了認識世界的工具。

而昆德拉沒有做到的事情，是放手，讓人物自由奔跑，在他的「認識」及意義編程過後還能夠像個人（而不是切片標本）那樣活下去。他太沉重了，甚至讓人覺得他其實是不會笑的，就算笑了，他也得翻出兩種笑的意義來解釋自己為甚麼懂得笑。這個問題與昆德拉小說透露出來的不安息息相關，他不相信別人真的懂得他的東西，他之所以無間斷地解釋和陳述，是因為覺得別人總是在誤解他。如父的君王，如君王的父。「一次，當我問及媒體對昆德拉小說的某些評價時，昆德拉答道：『我只在乎自己的看法！』」《巴黎評論》這樣描述與昆德拉的訪談過程。在另一場對談裡，他又說：「讓一個小說人物變得生動，意謂的是對他的存在的問題意識追問到底。這意謂著：對於塑造這個人物的某些處境、某些動機，甚至某些字詞追問到底。」

這意謂著：昆德拉的小說不留白，如果留白了也是一不小心，又或無法處理（比如塔米娜的「我不知道」）。昆德拉的人物無法自由行動，因為小說目標是去認識他們的一切，一切的一切，追問到底，直到他們完全喪失神祕感。他帶來飢餓、頭暈與腰瘦背痛，然後我們甚至忘了人物的所思所想，因為他們沒有那支內在的麥克風，抬頭一看，像個大球場那樣環迴立體聲地放滿昆德拉本人的喇叭，重低音把你的耳膜炸個內出血。「輕輕地請求我們相信，這使小說如此動人。」詹姆斯．伍德這樣說，而請求這個行為正正就是昆德拉有能力去營造最終卻決定不執行的，因為，這就是昆德拉那些渴求挖掘更深、認識更多的小說，所不能承受之輕。

⑧ 喜劇頹傾

家庭是莎娣．史密斯（Zadie Smith）小說的最小單位。可以想像這樣的一家五口：父親是大學教授，跟女同事和女學生各有外遇；母親當了家庭主婦，但仍有一顆渴望交友聯誼的心；大兒子從美國到英國留學，想擺脫自由主義並當個好基督徒；二女兒是個沒有社交能力的煩膠學霸；小兒子是個想混街頭的嘻哈愛好者。每個人物都有延伸開去的故事，他們會帶認識的人回家，然後跟家庭成員及其他新來的人物起或多或少的衝突。

從第一部小說《白牙》開始，史密斯就冠上了天才作家的名聲，出版這部繁中譯本長達七百頁的小說時，她才二十五歲。也從這部開始，史密斯的小說人物全都跟家庭密切相關，家庭即歷史，即故事引擎，即宿命，引領著故事在悠長的篇幅上風馳電掣，飆向註定爆發衝突的結局。

掙扎不是個人的掙扎，是整個家庭都壓縮在內的複合掙扎，這使得史密斯的小說厚重而動人。

—

《白牙》是史密斯的起點，也是詛咒，她的小說生涯沿著它的軌跡前進翻騰，卻始終掙脫不出它的議題、技術與批評。這部歡樂的喜劇作品在二〇〇〇年出版，講述英國移民家庭的掙扎和願景，小人物們有著自己的堅持，行事時又荒誕無比。它橫掃各大獎項，魯西迪（Salman Rushdie）稱它：「驚人的大膽、自在，既好笑又嚴肅（…）《白牙》讓我讀來非常欣喜，印象深刻。」在二〇一九年，它也被《衛報》封為二十一世紀百大小說的第三十九名。

不過在出版那年，《白牙》馬上就碰到了它的勁敵，實在是新人作家的噩夢：評論家伍德剛好也在全盛時期，且看起來對於英美小說已有一定程度的積怨和不耐煩。他寫了一篇落落長的批評文章，歸納了《白牙》和其他厚重長篇小說使他煩厭的地方，文章名為〈歇斯底里寫實主義〉。這個術語烙印在了史密斯的額頭，甚至連在維基百科裡，她的風格也穩穩寫著Hysterical Realism。

所謂的歇斯底里寫實主義是對當代一種長篇小說的批評，其涵括的對象包括品瓊（Thomas Pynchon）、華萊士（David Foster Wallace）、魯西迪，最新一員就是史密斯。「當代這種大小說是一台好似陷入飛速運轉尷尬的永動機，」伍德批評這些小說細節繁多且瑣碎，是一種嫵媚的擁擠：「與這種不停地講故事的文化密不可分的，是不惜一切代價地對活力的追求。事實上，就這些小說而言，活力就是講故事本身〔…〕這些繁忙的故事和子故事在逃避甚麼？它們在逃避尷尬。」

《白牙》的故事細節驚人地多：伊斯蘭教恐怖組織、動保團體、搞基因複製的猶太科學家、在牙買加地震中出生的女人、摩門教徒、雙胞胎、末日恐懼、種族議題、移民議題、階級流動……如此繁多的內容所衍生的問題並不是它們虛假——能在《百年孤獨》歸納出來的故事必然更多，而且能說服讀者——而是過量，無法連貫的東西像轉蛋十連抽那樣滾出來，讓人目不暇給之後就問：然後呢？它們是很好笑和有趣沒錯，但跟小說本身關注的議題關聯度有多大？如果有人還記得小說本身在關注甚麼的話。

史密斯在〇一年在《衛報》回應了伍德的批評，說歇斯底里寫實主義這個術語「令人痛苦地精準」（painfully accurate），但她始終認為寫作必然是一個廣派教會（Broad Church），可以海納百川。但她顯然無法招架伍德的批評，畢竟她才初出茅廬，她在〇二年出版的《簽名買賣人》有著驚人的混亂，歇斯底里推到了頂峰（亞洲和黑人移民、摔角、猶太神祕主義、宅男文化……），伍德這次自然不會放過她：「這本書看起來就像幼稚園搞出來的報紙。」（It is like reading a newspaper designed by a kindergarten.）

到了〇五年的《論美》時，史密斯才重新站穩。這部作品仍然有著歇斯底里寫實主義的氣息，但相當穩紮穩打，各種輕喜劇的元素互相交纏。本文開首的一家五口碰上了另一個家庭，互相影響與學習，譜寫了一場關於自由開放和固守傳統的精彩角力。小說結尾仍然是不無牽強地把所有埋下的伏筆收集起來一次引爆的故事恐怖襲擊，這是從《白牙》留下來的史密斯式收場。到了一二年，已經出道超過十年的史密斯交出了最好的作品

《西北》，而火氣退去的伍德也從這部作品稱讚她是「優秀的城市寫實主義者」（Smith is a great urban realist）。

歇斯底里寫實主義是過度，是嗑了興奮劑後在稿紙上狂飆的填充法，把氣球吹到臨界點。在這種技法上有品瓊、華萊士、魯西迪，也有駱以軍。他們說服讀者的方法各有不同，比如駱以軍就把這些歇斯底里的故事拉近自身，用非虛構和夢的方法來增加說服力。而史密斯即把虛幻錨定在家庭上，《白牙》、《論美》到《西北》的故事高潮都是家庭衝突。開放或壓抑的時代衍生了開放或壓抑的父輩，而他們的子女命中注定與他們搏鬥一生。

奧茲（Amos Oz）說他不相信托爾斯泰那一套，不相信幸福的家庭都是相似的，不幸的家庭各有不幸：「恰恰相反，關於不幸家庭的陳腔濫調有半打之多，但是每個幸福的家庭——確屬罕見——都是獨特的。我對幸福家庭非常著迷。」在史密斯的小說裡，幸福的家庭顯然是個主要命題，它的特殊之處在於父輩對於幸福的理解和後輩全不相同。當他們動身出發去追尋幸福時，帶回來的東西總是引致衝突。從《白牙》開始，她的人物捧回來一大堆雜七雜八的東西，到了《論美》，人物捧回來的東西集中了，有效地建築一部站得住腳的小說，到達《西北》時，她已徹底掌握了書寫家庭的技巧。

|

但《西北》始終不是一部看了可以心情愉快——像伍德形容的歇斯底里寫實主義，輕鬆、放心、故事不會結束、不會沉默與尷尬——的作品，人變了，小說變了，世界也變了。在一六年領取德國《世界報》文學獎時，史密斯提到有人問她為何從早期小說的樂觀變成現在的灰心失望，她說：「我和我的讀者身處的環境都不再是《白牙》裡所描寫的那種相對陽光燦爛的高地了。要說我的小說蒙上陰雲，原因不是曾經完美的東西結果被證明為一場空，而是因為曾經有可能的東西，如今遭到否決，彷彿從來沒有過這回事，從來不存在這樣的可能性。」

在《論美》過後，《西北》不快樂、《搖擺時代》也不快樂，史密斯式的結尾落到了她自己身上，她在早期作品裡埋下的細節迂迴而來，精準導航擊中了她的創作生涯。這個伏筆稱之為中產，是階級流動碰上的天花板，也是融入上流社會的不可能。在最早的《白牙》時，移民家庭雖然被白人左膠當成實驗品地教育，至少還有上流的希望，但到了《論美》這部坐落在轉折點的作品時，一位黑人少年的自白是重中之重：

「我並不想知道任何這些狗屎玩意，我只是試圖讓我的生活往上提升一階。」卡爾苦澀地笑著：「不過那些在這裡變成一個笑話，老哥。我這樣的人對你們這樣的人而言，只不過是玩具……我只是你們可以玩弄的實驗品。你們這些人甚至不是黑人了，老哥——我不知道你們是甚麼東西。你們認為自己之於我們實在太優秀了，你們拿到你們的大學文憑，可是連活得像樣一點都沒辦法。」

在《白牙》時期，這樣的對話是不會出現的，在《論美》以後，這成了史密斯小說的主軸。流動的不可能，階級的天花板，從下而上的人猶如蚊群撞擊玻璃窗，只有極其少數能從縫隙裡鑽進，再被輕易拍扁。在她筆下，家庭成了這個時代碰上瓶頸的前線，一個家庭模型：祖父一輩經歷過二戰後的重建，父輩在輝煌開放的八〇到千禧年累積到資本，新一代在千禧年代碰上混亂無序的一切。另一個家庭模型：上一代在八〇年代開始搏鬥，在九〇年代堅信努力就是一切，但下一代在千禧年代發現上一代的努力是行不通的。加速的時代帶來代溝，代溝造成衝突，是史密斯從《論美》開始著力描寫的現象。

這也是史密斯親身碰上的經歷，在散文集《感受自由》中，她觀察到女兒就讀的學校有另一位家長，那位家長對她懷有畏懼和厭惡，只因為史密斯是中產階級。早在十五年前，她買下一棟維多利亞式風格的房子，現在房子漲價得離譜，而兩個家庭只隔了兩百米，其中象徵的差距已無法彌補。經濟學家傑夫·魯賓（Jeff Rubin）在《我們成了消耗品》這部描述中產階級的著作裡寫道：「過去，擁有一份中產階級的工作就代表你擁有自己的房子、每年和家人一起度假、每年為孩子的教育存下一些錢。但那都是很久以前的事了。在當今的全球化經濟體系中，情況已經完全不同。找到工作曾經為許多人提供了一條擺脫貧困的途徑，但如今，大部分新創的就業機會卻是一道進入貧困的大門。而一旦你穿過了那道門，很可能就再也無法回來了。」

從《論美》開始描寫的千禧年代起，底層和上層社會之間的距離已被切分得無法彌補，到了《西北》，中產和中產以下的階層也斷開聯繫。在《西北》裡，史密斯仍然以兩個移民家庭作為主軸，兩個從小友好的女生在成長環境的不同之下，一個深信九〇年代的自由開放，玩得很歡但卻在最後錯失了上游的機會；另一個在努力後成功擠進了上游的末班車，但生活一成不變。兩人都嚴重壓抑，且無法好好溝通，前者是錯過了時代的憂鬱，後者卻被自己和丈夫的努力壓垮了。

移民和階級構成了史密斯小說的兩大核心，兩者互相交纏又帶有差異。在《西北》裡，她寫了直插核心的一句話：「第一代人做的是第二代人不想做的事，至於第三代人，他們做甚麼都可以。」這是一個由開放轉換到壓抑的時代，帶來了壓抑的代際關係。《西北》裡的黎亞在過往時意氣風發，「那是九〇年代，是狂歡的十年！他們沒必要結婚還是結了，而且兩人都曾誓言終身不婚。這很難解釋——在那場大風吹遊戲中，他們究竟為何最後決定不再換位子，而是跟對方定下來呢？停下腳步的原因跟『善良』這項特質有關。」

大風吹停了十年，她與丈夫如今的描述如下：「他們不是好人。他們甚至沒有辦法理直氣壯成為擔心自己好不好的那種人。他們一天到晚都在擔心。他們又把自己搞得進退兩難。他們沒買那些符合消費倫理的商品，據米謝爾說是因為負擔不起，但黎亞說，不，你只是不覺得這件事夠重要。她私底下想：你想跟他們一樣有錢，卻又不把他們的道德準則當一回事；

但比起他們的錢，我對他們的道德守則更感興趣。」

這是一種殘酷的對立，不僅是夫妻之間的，也是這個家庭跟另一個從小相識但階級相異的家庭之間的。在《西北》裡，不僅是移民或種族會導致人無法融入，在九〇年代過後，人輕易就能發現自己站在原地，站在自己的土地上，卻在一夕之間發現自己變成了陌生人。「世上有個既定系統在運作每個角色既有的形象，」史密斯寫道：「我們總在等待一個巨大、殘酷事件發生，並希望這個事件足以干擾、徹底破壞這個系統，但這一刻始終沒有真正到來。」

《西北》並不是棄置了過往作品中的喜劇性而寫得好，悲劇性有其崇高，但不代表寫得慘就一定比寫得好笑來得優秀。伊格頓（Terry Eagleton）說：「清教徒錯把愉悅當成輕佻，是因為他們錯把嚴肅當作虔誠。」這是至理名言。而《西北》是處於一個家庭代溝及階級鴻溝前所未有的難解時期，尤其當所有人都在掙扎時，實在很難讓人笑得出來。

笑聲承載不了這樣的內容，歇斯底里也沒有辦法，輕佻和虔誠也不是解法，笑話沒有辦法一蹬草地就拔足狂奔。所有人，所有家庭都非常在乎，在乎一些沒有辦法達成的目標，而故作不在乎的中產矜持也再無用處了。於是，《西北》的方法是直述，距離忽近忽遠地直述，並且取消對話的引號（如若亞歷塞維奇式的對話是本書精華），所有人都置於一個共同的悲劇平面上，任史密斯帶著我們觀察：在倫敦西北，有一群人無可奈何地凝結不動了。

——

歇斯底里寫實主義描述的是過多的喜劇感承載不了現實，至於如今，要在現實搾出喜劇感也已經困難重重。藝術是一種方法，德勒茲曾激進地提出藝術的本質是一種快樂：「創作必然是快樂的，藝術必然是一種解放，它粉碎一切，首先是悲劇性。」在《西北》的最後，儘管所有人都無比沮喪，但兩位女主角仍然聯手解決了一個問題，故事以一種輕盈的往上運鏡，淡出在天空象徵展望未來的方式結束。儘管困難，但堅信喜劇力量的史密斯還是強行在悲慘的倫敦西北像擰毛巾般擰出一些撫慰來。

無獨有偶的是，史密斯一直問的問題其實也是德勒茲和瓜塔里在問的問題：我們的愛怎麼才是普遍的歷史的衍生物，而不是爸爸—媽媽的衍生物？

為此，她的小說成了一場加時賽局，在千禧年代的飛躍一直下沉到現在，從家庭出發，碰上各式問題，最後回到家庭。她丟出一把迴力鏢，最後回來砍傷自己，它無法安穩地落在任何地方，它一出發就被天空拒絕了。快樂的方法已不一樣，最佳的例子還是回到《白牙》：

「這幾天，我的感覺就是，你一踏進這個國家就跟惡魔訂了契約。你在海關交出護照，蓋了章，你想賺一點錢，好讓自己有個開始……但你本來打算回去的！誰想要留下來呢？寒冷、潮濕、淒慘。可怕的食物，糟透的報紙——誰想要留下來呢？但你和惡魔簽了契約……他把你拖進來，突然之間，你變得不適合回去了。你的小孩認不出自己是誰，你不屬於任何地方了。

然後你開始放棄那個屬不屬於的想法。忽然，這件事，屬不屬於這件事，就像漫長、骯髒的謊言一樣……然後我開始相信，所謂出生地其實只是個意外，每件事都只是意外。但如果你相信這點，你還要去哪裡？還要做甚麼？還有甚麼事值得你在乎呢？」

當山曼德面露恐懼，訴說這個反烏托邦的想法時，愛瑞羞愧地發現，充滿意外的地方在她聽起來像是天堂，像是自由。

史密斯不再是愛瑞，我們也不再是愛瑞了。天花板就在那裡，是怎樣跟隨過往的人所指示的努力都跨不過去的坎。我們都是些蚊子，在玻璃窗的縫隙前猶豫不去。後來，史密斯轉向第一人稱書寫，是多年來的第一次。她交出了《搖擺時代》，其中兩個家庭努力攀爬，一家想成為中產，另一家想通過舞蹈證明自己。其後雙雙失敗。史密斯換了一個方法述說家庭，期望以個人的視角反映家庭，抵擋時代，然後被毫不留情地輾過去。

從《白牙》到《搖擺時代》，是從興奮劑到抗鬱藥的過程。每一代的「做自己」和「迎合他人」都有不一樣的意涵，於是，誤解和差異就會像裝錯的齒輪般暴力鎮壓彼此。但在代溝之外，加速的時代已經從另一端搖擺而來，毫不留情地壓向每一個人。「我們的愛怎麼才是普遍的歷史的衍生物，而不是爸爸—媽媽的衍生物？」答案就是，我們的受難是普遍的歷史衍生物，父母在其中也是無計可施。這就是我們，再也無法及時把牙齒漆白，其後無力搖擺的人們。而這，就是莎娣．史密斯曾經快活得歇斯底里，後來被時代徹底壓垮的喜劇。

⑨ 故事接龍

為了替駱以軍的小說技法冠上一個名稱，學界絞盡腦汁各出奇謀。其中一個比較中性的用詞是故事接龍（總比「迫近無限的織錦」或是「新國民浮世繪」之類來得客觀），一個接一個的故事：青春期的身世，對文學的痴迷，與妻的酸甜往事，與父親的代溝，旅行的文化震撼，台北的現代衝擊。一種目不暇給，社交媒體瀑布般的無限滾動。

這使人不禁好奇那麼多故事是如何被框進同一本長篇小說裡的，但在此之前，還有一個更需要被解答的問題：接龍的意義究竟是甚麼？這種一千零一夜式說故事的痴迷，又或說，鋪排那麼多故事的**義務**到底為何？《遺悲懷》明白地告訴讀者，這種寫法是由於對於生命的追求。在這部試圖與死者邱妙津對話的小說裡，敘事者希望用說故事的方法來續命：「（我）坐在她的面前，斷斷續續說了三個——也許是四個吧——故事。中間有幾度她疲憊地閉上眼。我完全無法將那些故事整理得有條理些，我像念經一般嗡嗡喃喃地說著。某些過場我甚至胡亂說一些無意義的句子。為的是不讓我的聲音中斷——我怕我一停止，她便永遠地斷氣了。」然而，敘事者的依戀建基於續命的不可能，由是，厚重的悲傷感不斷疊加，與沒法說好故事的無力感同時累增。矛盾洋溢在形式之中。正是這種無可挽回的魯莽與不得不為之，溢出了善惡的倫理疆界，使《遺悲懷》的故事接龍感人至深。

為了不讓聲音中斷，為了長生不死，故事的接龍就開始啟動了。無以數計的短篇浪湧而進，錯落斜歪地候位入場醃漬小說的每一個角落。那是世紀末的小說，一個大敘事搖擺欲墜卻未完全崩解的年代，八〇年代的樂觀情緒尚未消散，想要建構世界的慾望從後現代的思潮裡滋長而出——權威倒了（歷史終結了），接下來還不是我的天下？厚重的小說，繁雜的細節，無盡的活力，使故事過載繁忙越寫越厚。魯西迪、品瓊、德里羅、史密斯、駱以軍。故事必須擴張，前言緊咬後語，零件銜接零件，裝置驅動裝置。伍德對這種寫法生產出來的小說毫不留情：這種大小說看起來想消除靜止，似乎羞於沉默。故事中套故事，在每一頁生根發芽。這些小說一直在炫耀它們嫵媚的擁堵。這就是歇斯底里寫實主義。

但故事實在太多了，與伍德分析的小說群像相較起來，駱以軍長篇小說的離心力有目共睹。它與西方小說的案例們共享的是活力，但絕非那些一以貫之歇斯底里的連貫性與巧思。駱以軍用來扳起這些小說裝置的槓桿是情——不捨之情，追悼之情，孤獨之情，「棄」之情——作者搗煮食材一樣將無數故事重捶壓進小說這個文體之中。由於前文後理已經被抒情性搗糊在一起，難怪哄騙了一些德勒茲主義者用「機器」這樣的詞來解釋小說。那是一種用以分析這類小說的專屬工具，專門證明有機的聯繫是有機的：由於小說是有機的，所以情節必然有理；由於情節必然有理，所以小說是有機的。在這種同義反覆的分析底下，到底駱以軍的故事接龍，除了為死者續命以外，藏著的是甚麼？

—

經驗匱乏是解讀駱以軍小說的一柄鑰匙，購買《西夏旅館》隨書附送的《經驗匱乏者筆記》正發源自這個概念。它是一種與前人相對的狀態，指向過往在大敘事尚未崩解，風起雲湧的世界大戰以及國共內戰時期，彷彿每個人都被經驗所充滿，以作家而言，就是有極多的親身題材可以發揮。外省第二代的小說家面對父輩所經歷過的紛亂歷史場景，在《西夏旅館》裡發出了這樣的哀嘆：「我們這些遲到者是不配擁有故事的。」

這是一種攸關線性歷史的現代狀況，早於十七世紀的現代初期，法國哲學家拉布呂耶爾（Jean de La Bruyère）提到「一切事情前人都已說過，我們的到來已為時過晚。」二十世紀的懷海德（Alfred North Whitehead）也說過「整個哲學史也不過是對於柏拉圖的註腳。」無論在哪個世紀，有接觸過歷史的人或多或少都有自己不過只是前人次貨的傷感。先人從墳墓裡舉起一張黃牌：念你的相似性只是初犯，再犯就出局了。

經驗匱乏的初次登場是在二〇〇五年《我未來次子關於我的回憶》當中，這是很有意思的一點。這部作品的敘事者是小說家的二兒子，而父親的原型就是駱以軍本人，在某個夜裡，父親語重深長地對兒子說：「其實包括我在內，你們，和我這一代的，都是無經驗之人。」經驗匱乏的概念指向自己及不上父輩，在小說上資源缺乏，在生活上相對安逸。然而時日過去，輪到自己傳宗接代時，如何將自己的有限經驗傳給後輩？在《次子》

裡，小說家的次子也是小說家，兩代人之間存在一種特殊的、外於血緣的文學情誼：「父親說，這是他喜歡和我說故事的原因。我比他沉迷於細節。我恐懼故事結束。我替他補充他略過不表的，他忘記的、他沒說出來的那些。我隱隱相信：每一個截面、每一幅漂浮的畫面，描述它們時刻所動用的細節，其實彼此之間，以一種神祕的織法連繫在一塊……」

值得注意的是兒子的寫法，也是故事接龍。那不只是血緣，甚至是一種文學上的師徒制，是經驗匱乏者的美學階級複製。在父親退場（我的孩子，似乎因為有了你們，我以一種稀薄的迷霧或是只以腳尖伸進激流的形式參與我眼前正在發生的這個世界，我幾乎不再如年輕時用肉搏去換取經驗了）、老邁（一直蹲在一個窄小空間裡，用筷子翻揀著他的排泄物，他驚喜地發現那是一個他從前如許陌生不察的豐饒小宇宙）之際，選擇走出自己的路。在文學的象徵意義裡，《次子》顯示了經驗匱乏者這一輩人對於後輩的期許。「父親說他記得那天他確實帶著我，每有人問起『這個好可愛的ㄉㄧˋㄉㄧˋ是誰啊？』」《次子》以這樣一段輕盈的段落結束全書：「他便羞怯地回答：『這是我的次子。』」

不過經驗匱乏者的友善維持不了太久，也許不甘只拿一張黃牌，乾脆對讀者來一記施丹頭錘。在《次子》出版九年之後的《女兒》，是對前作比出的一根中指。在這部關於焦慮的作品裡，一些研究者前赴後繼地嘗試整理出一個故事主軸，用了一些諸如機器、織布的詞彙。其實大可直接說這是暴君版的《次子》。在這部作品裡有一個女兒計畫。女兒計畫是敘事者與數個科學家一起弄出來的，用來養機器人女兒。他們建立了一座「大觀園」，為了讓機器人女兒有知識，就將知識挪來無限填充。但與此同時，這父親是個暴君，他想要剝製女兒，控制她、操縱她、統治她，以傾瀉自己的焦慮。為了讓她沒有辦法弒殺自己，父親塞進大量填鴨式的資訊，「胡亂說一些無意義的句子」，使她無暇弒父，甚至不明所以。不過與此同時，這位父親也是時常因為不知道自己正在焦慮甚麼而感到困惑，由是，他只好繼續歇斯底里地拿出有限的經驗和抄來的百科全書繼續填充，破綻百出地維繫自己的生命線。

經驗匱乏者攏同故事接龍，騎上了擴張疆域的骨馬，收割一切能用的故事。其中第一個犧牲的就是後代，哪可能有甚麼可愛的ㄉㄧˇㄉㄧˇ，至少也得吹個蕭。這位敘事者已不會再翻馬桶，相反地，他自己本人就是一個馬桶，讓後代厭惡地翻弄。這些被創造出來的女孩們「會將那原本惡魔父親的老男人的原型，像一只詛咒娃娃一直收藏在心底〔…〕她們理解愈多人心的知識、細節、真相，就愈原諒那個最初撒謊騙去她少少最珍貴物事的魔法師。很多時候她們溫柔的想：如果再遇到那老壞蛋，就算他老得像一隻眼皮睜不開的蜥蜴，如果他哀求她們再幫他含住那髒臭的老陰莖，幫他口交吸出他已經稀薄且發出藥味的老精液，她們也會跪下照做。他已變成她們祕密抽屜裡那隻用線織上嘴巴，眼睛是兩粒鈕扣的小布偶。」

在這段可以角逐最差性愛描寫大獎的段落裡，焦慮的爆發一洗九年前《次子》的期許。沒有後輩可以故事接龍，是我把故事接龍安裝到後輩的大腦裡；不是我想說的話前人都說過了，我就是前人——我不在危險當中，我就是危險。經驗匱乏者對於後代只能哀求乞憐，而後代則抱以施捨之心來替他服務。後代有著被設定好的目標，無論如何掙扎也好，她們也只是換個心態來取悅父親，並無自行創造新事物及繼承的動能。更甚至說，《女兒》取消了後代能繼承父的意志的任何契機，因為，任何延續現在也只能是一次服從——畢竟，恕我對人體工學理解不深，絕大部分口交（不是完事式的也不是69）都是低頭與跪下進行的。

但是，與此同時，儘管經驗匱乏已經變形成代際焦慮，這裡不變的常數依然是故事接龍。在《女兒》裡，故事接龍依然沒有差別，依然是一個接一個故事——完全無法將那些故事整理得有條理些，像念經一般嗡嗡喃喃，某些過場甚至胡亂說一些無意義的句子，為的是不讓聲音中斷——想要消除靜止，似乎羞於沉默，故事中套故事，在每一頁生根發芽。單純的形式分析解釋不了《女兒》與《遺悲懷》，甚至《西夏旅館》或《匡超人》的差別。重點在於：故事在甚麼平台之上接龍。

—

駱以軍長篇小說的特徵是它的離心力，我們會為它的自由度揑一把冷汗，它可以像品瓊或華萊士那樣毫不猶豫地繼續寫上兩三百頁，不過同時又必須不是一本短篇小說集。它必須是接龍，而不是文青雜貨店。《匡超人》歸納了這種走鋼索般的危機：「這真的很悲傷，一直翻滾一直變幻，慢慢慢遺忘了最開始幾種型態轉變之間的連結，變成擬態環境的虛無之物，你不知道這繼續變化的哪一個界面，是翻出了邊界之外？〔…〕再翻出去就甚麼都不是啦。」

再翻出去就甚麼都不是，那裡面的地方，那個立足之地是甚麼？原先得以成立的原因是甚麼？駱以軍的故事接龍自《遣悲懷》始，都有一個特點，是它們統統纏繞著一個既有故事。《遣悲懷》對話邱妙津的《蒙馬特遺書》；《西夏旅館》接駁《宋史》、《金史》、《西夏紀事本末》；《女兒》糾纏《紅樓夢》；《匡超人》取樣《西遊記》與《儒林外史》；《明朝》屈服於《三體》；《大疫》借鑑《一千零一夜》與《愛在瘟疫蔓延時》。那是一種續命，續他人的命也延長自己文學的生命線。駱以軍的每本小說斷斷續續講了三十——也許是四十個吧——故事，卻因為讀者原本預設故事是完整的，是現成的，使長篇小說這個體裁得以成立。一種二次創作，一次互利共生，小說與原著互相推動，憑借著一種結合的解疆域化，將彼此推上了逃逸線。

用德勒茲的游牧概念來理解駱以軍小說，會得出關於自由、速度、機器、平滑等概念，一種對於解放長篇小說嚴謹邏輯的革命狂歡，它是伍德歇斯底里的側面，小說借助既有的他人故事來保證了一致性，故事接龍就可以汪洋恣肆地揮灑續命。但既然它是游牧式的小說，批評這個管理階層就得替它設立一套審視的規矩，否則就如《女兒》都能被高舉為德勒茲式的神作。故事接龍，這頭隨時都會崩潰的野馬，要在他人的敘事上馳騁，它的道德是甚麼？它的義務，至少要如何才能合理合情？

是對於既有故事的尊重，一種互相吞噬的危險性，讓駱以軍成功的長篇小說顯得動人。如若《遺悲懷》圍繞死亡與再現，採用《蒙馬特遺書》作為主軸；《西夏旅館》則挑戰「克服經驗匱乏與父輩敘事」這個主題，其後以大量個人敘事反覆圍繞主題，這些故事圍繞著《宋史》、《金史》《西夏紀事本末》等歷史文獻；《匡超人》則想要「克服代溝以及修復破碎關係」，並以大量個人故事圍繞《西遊記》；《大疫》則圍繞過往各部作品中的個人經驗，嘗試提出一次綜合式的回顧，將矛頭指向了階級。

至於《女兒》，它的大觀園幾乎毫無劇情可言，故事隨時可以中斷，焦慮的父親無法為讀者製造任何的飢餓感；而《明朝》引用的《三體》幾乎將故事接龍完全籠罩在它的科幻陰影底下。故事接龍並非在任何時候都是合理的，它的危機在於，對既成故事的過度拋諸腦後或接近亦步亦趨。這兩者所削弱的，其實是作者本人的能動性與自由度。他圍攻，他拆毀，他組合，他延伸，但在這之前的義務是尊重寫作素材。

那些說故事的焦慮，展示表演的慾望，在長篇小說裡暴食與傾瀉。故事接龍是駱以軍能找到最好最合理的建築，無以數計的拼貼彰顯了現代將傾之時的放手一搏。一種捨我其誰與為何是我的雙重拉鋸，讓駱以軍的小說巧妙地進退維谷，纏繞著粗獷的複雜與敏感的單純。而這種技法的焦慮始終在於，如果它的重點一路以來都是以數量取勝，假若沒人聆聽，無命可續，就完全結束了，它只能屈摺回去為自己續命。不只落後父輩，還有後輩的代溝，如此一來就催生了《女兒》這樣的怪物。

經驗匱乏也好，影響焦慮也好，前設都是線性的歷史，是一種現代的籠牢。然而，小說家的後輩已經成長，七八年級作家已散布在文學圈這個網絡的各方，不見得盡皆以弒父為生，反叛之所以為反叛是因為仍有建制存在。但小說家的問題在於，如果故事的數量已急劇運轉到這麼誇張的地步仍然後無來者，沒有次子，到底是哪裡出錯了？是因為師徒制的衰落，或是故事接龍已經過期了？那是因為，經驗匱乏已經跨過科技革命時期，如今已是資訊年代，相比起匱乏更像是經驗過載。故事接龍的黃金時期已經過去，如果說經驗匱乏者的「小說寫到一定年歲，就有限經驗深植密耕，明眼人一看：此老狗玩不出新花樣也」，那只是因為，駱以軍是駱以軍式小說家裡寫得最好的那一個，已是一個座標。而世界已經變化了，離開線性，進入複數輻射的狀態，出逃的騎兵也已經抵達應許之地，建立了新的建制。而我們回頭，看見了駱以軍的悲劇性，他陷在線性的泥淖之中，自知經驗不足，卻以個人經驗圍攻不可能戰勝之事物，戰鬥之時卻忍不住一再回頭。悲劇感使眼神轉變，焦距調整，視野更改，唯一不變的是持續掙扎的堅持。一如最佳的例子《匡超人》：這部如若遺書，反省一切並歸納托出的小說裡，小說家曾提出了對於回溯與挪用、進步與落後、建制與游牧、書寫與重寫的所有觀點：

我們如果要說一個人的故事，好像要拆解這個火車頭的禁錮結構。有一個難題是，我們如何在已經有火車頭發明，甚至是我們根本在其上奔馳的速度之中，拆掉鐵輪、噴氣的煙囪、拆掉鐵軌，把衝力的慣性消失。然後我們要來說一個「最初的人類的故事」。

⑩ 作為散文

來台灣後三不五時就要寫自我介紹，文學雜誌投稿啦，文學獎啦，演講，授課，統統都要掛上一段描述。不外乎也是這樣：來自何方，幾年出生，學歷，出版履歷，得獎紀錄。如果還有餘力的話，以下三擇一：①養貓養狗；②人生理想；③洗澡時想出來的俏皮話。

我也不能免俗，反正這回事也沒甚麼需要批判的。唯一就是多嘴了句：寫小說散文評論。

即使第一本書是小說集，我也經常跟人說：其實我是寫散文的。這個宣稱沒甚麼意義，甚至勾不起一個好奇的反駁。就像你去了酒吧，酒保倒了杯啤酒給你，然後說他其實是個調酒師。我們能給出的反應就是：是喔，關我屁事呢？

嚴格來說，散文算是我在文學路上的第二個階段。十年之前，當我剛進入大學並且開始接觸現代文學時，敲門磚是詩歌。那是我的大一下學期，剛好註冊成功了一課炙手可熱的現代詩課程，因為創作課程選擇不多，大家都搶著去讀。不過那也並非一堂嚴謹的課程，老師十三週來每星期帶領我們欣賞她欣賞的詩歌。我不確定我學會了甚麼，頂多記得特朗斯特羅默（Tomas Tranströmer）：醒來是一次從夢中跳傘。

擺脫那窒息人的渦流，乘客向早晨的綠色區域降落。那都是十年前的事了，如若只有父母才會記得孩童踉蹌學步成功行走的瞬間。而文學這條路上，在象徵意義裡，最好無父無母。那時我是先寫詩的，加入了一個詩社，當然我們互相並不真的理解彼此在寫甚麼，也不算是個有深厚友誼的團體。以文會友這玩意幾近神話，至少我沒親眼目擊過能兼顧友誼永固和功成名就的結社案例。

我混跡在別的地方，一個沒那麼有文藝氣息的角落，一個充滿不甘與憤怒的防空洞。那不算是一個嚴格的社群，但總的而言可以歸納為「浸會大學是我的第二志願我居然廁身在這shithole」共同體。這並不一定會導引到怨恨邏輯，它可以沉重如天崩地裂，也可輕盈如一句口頭禪。我並不完全理解這句話，我從小就習慣了次等，原本還打算考不上大學就自修一年重考，但這裡的通用貨幣是香煙與啤酒，這我樂於加入。我們深夜爬上橫跨馬路的浸會大學橋，一字排開像狗一樣對通宵經過的巴士撒尿。當然沒有女生，我們都是紳士。

過往我稱這段日子為無賴歲月。無賴，生而為人我很抱歉，戲仿與嘲弄，又或德里達（Jacques Derrida）所形容的：「無所事事，工作中斷，表示某種失業，表示一種雇傭或勞動權利的危機，而且最終表示遊戲、貪慾、猥褻、奢侈、淫蕩、放縱、放浪。」這才應該當我的自我介紹吧。總而言之，無賴的敵人是社會，你只能認真當一個無賴，或認真貢獻社會，二擇其一。二〇一四雨傘革命來了。

現代詩已漸漸從我的視野裡褪色，那時我寫詩兩年，二十歲。詩歌與革命並沒有在我的腦海裡進行左翼整合，畢竟那堂課也不是嚴謹的詩學歷史爬梳，左翼課又不太談及詩歌。朋友們也會讀文學，偏向審美感動而非理念說服。那時我在臉書寫道：「文學有甚麼用呢？」這也不代表我在文學以外有甚麼用。我在金鐘，在旺角，在銅鑼灣混跡了一陣子，後來沒再寫詩。

詩歌和社會運動我都相當蹩腳，有些事情沒有天分就是無法強求，像歌喉一樣是天生的。大學三年級，發現自己浪費太多時間在凌晨天橋黃狗撒尿後，我開始把自己關在圖書館，從那時起，台灣文學進入我的視野。從那時起，我差不多確定要以寫字維生。從那時起，我開始投一些文學獎，搞些網絡平台和文學刊物。從那時起，我經常跟人說：我是寫散文的。

我沒有很系統地學過寫作，儘管我的學位是創意寫作學士，但我都把時間花在認真當一個無賴上，作為一個無恥之徒這方面，我大概可以一級榮譽畢業。大一時朋友問我抽不抽煙，我假裝自己在戒煙，然後在其中一天在某人手上接了人生第一根。參選了文學院學生會，假裝自己是分配權力的民主建制。住了大學宿舍，假裝自己是外向而喜歡派對的人。支持多元關係，假裝自己不是在享受父權紅利而且渴望集郵。一種成為他人的慾望，把新的性格安裝進尚未定型的肉體裡。每個人都應該享有改頭換面的權利。

我的寫作從關進圖書館後正式開始，當政治現實與香港模式雙重進場之後，我如若跳高般後仰栽進了閱讀的世界。這是一個無聊的故事，關於閱讀與寫作的老生常談：讀得夠多才寫得出來，書中自有這個那個。只是政治把我從詩的低空拽下來，香港模式把我從浮床推上去——朝夏天降落，吊下去，進入那眩目的隕石坑，吊下去——畢業期限的時日無多。我首先假裝自己是個在乎讀書的人，反正弄假總會成真。

以贏在起跑線上的觀點來看，這個步調算是不倫不類，但也幸好，就連我也對自己沒甚麼期望。二〇一四年在雨傘期間，我在臉書問文學有甚麼用呢？文學的用處就是，別管他媽甚麼起跑線。就像跑步對游泳，跳遠對跳高，射箭對飛鏢，生活裡能跟幾個朋友抽煙喝酒火鍋串燒就夠了。食得鹹魚抵得渴，講錢傷感情。如果真的有甚麼競爭路線，大抵就只有文學獎。

在寫詩時期我投過一些詩去參賽，當然是全部落空。我想這也改變了我一部分的命運，讓我能在轉換跑道時不留遺憾。我第一個進入三甲的文學獎是散文，這某程度上也影響了我自稱是寫散文的，儘管內容不忍卒睹。我寫了一個關於家的散文，畢竟，有哪個香港評審不喜歡這些小兔崽子們老氣橫秋地戀家呢。

城市於我而言是魔幻的，學習對我來說是飄浮的，政治教我生活是壓抑的，我一再在季節轉換時發明自己。而發明自己這一回事，充分證明了我是寫散文的。散文並不允許虛構，它有黃金一般的自傳契約，但它並不限制寫作者本人的性格與視野變更，今天我喜歡鳳梨，明天我可以喜歡別的。而城市的三年一轉五年一變，與我的寫作像是兩個互相拉扯引力的衛星。

二〇一六年舊曆新年，我與幾個朋友在旺角吃完宵夜，站在路線圍著一個垃圾筒抽煙。在香港，我們叫這打邊爐（火鍋）。忽然，有兩個全身黑衣的人跑來借打火機，拿了後拔腿就跑。然後，路上燃起了大火。然後，防暴警察全副武裝出現。然後地磚被撬起來當武器，然後垃圾筒也被徵作路障。然後，當晚首次出現了光復香港的口號。然後，一年半後我來了台灣。

非虛構的故事，我就只能講得這麼沒趣。有趣的事情總是發生在別的地方，外在於我的抒情。那個晚上抽完那根煙後，發現勢色不對，我就坐通宵巴士回家了。

——

我帶著一顆尚未玩夠的心來到台灣。在那之前，大學畢業後我短暫當了十個月辦公室寫稿佬，搞了一陣子哲學媒體編輯後就跑路了。老闆是個搞歐陸哲學的吹水佬，嗜好是上班看英超，又或把我們幾個初出茅廬的拖進會議室講齊澤克德勒茲馬克思，口頭禪是「拉康真係好撚勁」（拉康真他媽屌）。由於拉康實在太勁，我無福消受，再加上公司高層的愛好是權鬥和架構重整，七月我就提前離職去了趟廣島旅行，然後從花蓮玩到新竹，還提前訂了十二月的行程。

這裡要插入一個關於文化差異的抱怨，我完全不知道原來台灣沒有像香港那樣的聖誕假期，學期還他媽長達十八週。我預訂的行程是十二月中坐上火車，從香港前往北京，見幾個朋友後從北京坐上西伯利亞鐵路，抵達莫斯科再休息一下，轉上歐洲鐵路準時在波蘭過聖誕節。我在跟研究所教授請假時，他們看著我的眼神大概就是「這小王八蛋為甚麼就不乾脆辦個休學算呢」。總而言之，那年十二月我背上二十公斤行李，如期執行了這趟類如壯遊的行程。

但那真的沒甚麼好說的，聽起來相當浪漫的行程說穿了就是把自己關在一個四人包廂裡，七天不能洗澡，去飲水機裝水還會被靜電弄個人仰馬翻。看著窗外的景色一路後退（或前進，如果無聊就換個角度坐去對面床），包廂室友換了又換，大概沒幾個人真的會坐完全程。滿州里那上來了一個大叔，用濃厚的北方口音問可不可以把他其中一個行李箱放我床下，裡頭全是玻璃瓶瓶罐罐的聲音。一小時後火車停在中俄邊境，海關就上來了，北方大叔就切換成俄語講了一大堆成功過關，這年頭連走私都要懂兩文三語。後來他在某個大站下車了，幾站後又上來兩個男人。一天後男人們在貝加爾湖下車。後來我睡睡醒醒，印象中有人在我一趟睡眠裡上車下車。我唯一的娛樂，就是各站停靠時下車抽根煙。

回到台灣後我嘗試把這趟旅程寫成散文，但我沒有想法。窗外風雪紛飛，列車走走停停，野牛與電線桿，時區換了又換——但這又能抒甚麼情呢？可以有甚麼得著？在那七天，我翻完了《西夏旅館》，吃了二十一碗康師傅，打了幾次手槍，抽了一包中華半包芙蓉王。時間奢侈地流逝，跟後來我在旅館隔離二十一天沒甚麼差別。無論是西伯利亞或是銅鑼灣，也只不過是隔著一片無法伸手穿透的玻璃，外面的寒冬與我徹底無關。後來我確認了真的沒甚麼好寫，孤獨就只不過是孤獨，僅此而已。我決定把它改成小說，用虛構來掩飾無情。只是在文學獎評審環節時，評審悄悄問我：這看起來就是個遊記，你真的有去過吧？

在那時候，我尚未好好釐清虛構與現實的界線，關於文類的邊界，我先學了打破常規卻未探索過它們的固有領地。小說與散文最大的分野在於，後者建築在讀寫兩方都默認為真的基礎上，前者由於虛構，因而必然需要說服的技巧。我幾乎是毫不說服地把北國風景傾瀉進去，把它揉成冰箱冷凍櫃裡的一坨過期免治人肉。

後來我持續在文學獎制度裡探索這些輪廓，那時我尚未知道時日無多。作為一個外來者，我漸漸發現台灣的文學生態至少由文學獎—出版社—學者—作家—讀者的共同結構有機聯繫，而新手從文學獎爬梯的上游通道是至少保持暢通的。儘管它並不民主——文學獎評審由上層建築把持——但沒有精英來保證上游階梯的存在又何來民主呢？那是一個食物網而非食物鏈的社會模式：一種由多條食物鏈交錯縱橫所形成的網狀關係，每個人在食物網中的階層角色有可能不只一種。

在台灣得的第一個比較有認受性的獎，也是散文。那時我幾乎已經決定日後就以寫散文評論為生了。畢竟在真實性的前提下，我有加工情緒的信心，有組織結構的能力，也有看出些甚麼的眼力，能保證準時交稿。當然，後見之明是我其實寫不了一般中文定義下的「散文」，我沒有生活的情緒，我把敏感的接受力像排毒一樣從體內驅逐了。也許從西伯利亞列車上我早已看見端倪，否則我大可以寫一本《貝加爾湖路過札記》。但我沒有，而我不能。要維繫日常生活的運作，我就需要無感。張力並不一定指向藝術，有時只不過是過勞的節拍器。而二〇一九就這樣轟然來了。

—

二〇一九爆發時，我在台灣的學期還沒結束。這就是學期長達十八週的噩夢，我在最後一節課結束後衝到機場，坐上回到香港的飛機。那是六月，大義凜然的六月，結果當我趕到香港後發現，其實也沒我甚麼事。我去了兩趟遊行，跟朋友們吃了幾頓宵夜，看似相當認真但其實茫無頭緒地討論了幾天政治，就回到台灣了。結果局勢就在七月急劇升溫，喧嘩與騷動，聲音與憤怒。我隔著一個台灣海峽，思考著除了每天開著新聞看直播之外究竟可以做些甚麼。也許就寫些東西吧。

那是一種很純粹的，由政治召喚書寫，想要生產出一些甚麼的焦躁慾望。而那時我手上有的資源其實也只有散文，唯有散文，然而這套工具在二〇一九年碰上了無可跨越的鴻溝。它首先限制在我的情緒裡，但我的情緒與抗爭現場隔了一個台灣海峽；然後，我的情緒在這場運動裡是幾乎無用的，連召喚共同體都沒有辦法；再者，由於這次運動是集體的呼喚，我又為甚麼要看著自己的腳趾頭不放呢？這趟運動將個人情緒與政治現實的距離表露無遺，又或說，想要發聲的慾望在散文這個容器裡無法應用。寫作是一件自私的事，然而它必然是一種有限度的自私，不是隨便傾瀉的廢料。

九月一號，我再次啟程回到香港。最低限度，雖然我甚麼都做不了，但至少與朋友們聚在一起。買機票的時候還不知道會有八三一，也不知道原來九月一日是「和你飛」。抗爭者們為了向政府施壓，決定在下午一點以陸路和鐵路前往機場，想要阻礙機場交通及正常運作。結果，警察提前把機場封起來，只有帶著登機證的人才能進入大堂。當我終於降落香港時，根本沒人能進來。機場內部空空蕩蕩，遙遙隔著落地玻璃，看見外面黑黑黃黃的抗爭者，延綿到視野以外的地方去。

那天下午，出入機場主要幹道全被示威者堵塞，來往機場的交通全部癱瘓。然而由於前往機場的道路只有一條，為免被前後包抄圍捕，示威者們到了黃昏只好沿著同一條路撤退。這是長達二十公里的幹道，城市裡的人擔憂示威者們被捕，紛紛開車前來義載營救——這個晚上，被稱為香港的「鄧寇克大撤退」（敦克爾克大撤退）。至於我在這個事件裡的位置，就是在機場的玻璃窗前坐了兩個小時，確定了示威者們其實根本進不了機場，而我也沒有辦法從巴士站坐車前往市區。後來，我就坐上機場快線，在這二十公里的人龍旁邊飛掠經過。玻璃外的景色一路後退——機場的玻璃，鐵路的玻璃，手機的玻璃——我想，這象徵了我散文時代的終結，那是真實性所承載不了的情緒重量，我無法表達。這個晚上，他們成功從機場撤退。我從散文撤退。

從那年開始，情感與震撼一直累加，詩與革命之間的落差空虛也一直累加，直到臨界後破碎剝落，直至將我麻醉為一個無感的人。我所熟知的散文，一種抒情文，它的內核其實就是詩。「五四以來抒情散文的最大宗，即是寫作者自身生命經歷的回顧，自身的成長，父親母親爺爺奶奶，旁及師友——換言之，抒情散文的既有領域，也即是抒情詩的『傳統領域』（旁及詠史、詠懷）——整個領域可說是自傳領域。」黃錦樹這樣分析抒情散文：「文學革命後『詩亡』衍生為抒情散文，失去既有形式的詩，它的魂散入散文和小說裡。」然而從那年開始，又或更之前的好些瞬間，我早已被抒情驅逐離場——那裡沒有需要我的地方了。連我都不需要自己，誰需要我的自傳？——而後抵達了小說。

由是，在接觸現代文學的七年以後，在三次政治運動的燃料推進下，我終於抵達了不以自己作為本位的思考位置。我不在我所在之處。我不再作為自己的敘事者，情緒的餘燼繞開了第一人稱，躲進書櫃裡，持續挖掘寫作的價值。故事貨幣的增值、進入他人視野的合理性、說服力，諸如此類。我現在還在這裡，隔著一片越來越不透明且繼續膨脹的玻璃，我在這裡。

我所接觸的散文，尤其是散文集，是一種「我」的鋪排。我這樣，我那樣，我喜，我悲，我慾望，我拒斥，我狂歌而起舞，我發憤以抒情。但我不喜歡這樣，我也不想勉強別人看我在這裡我前我後。在這個環境下，我作為一個個人，情緒有它的作用，但沒有暴露的必要。在這本散文集裡，我將它限縮到這篇文章之中，就這一篇。來台灣後三不五時就要寫自我介紹，我用這篇文章作為我的自我介紹。自傳於我而言是一種在酒吧裡隨機抛出的碎片，回家後被妻子問起才勉強虛構出線性邏輯的東西。但即使喝醉了，我也對自己的生命故事提不起勁。

而二〇一九年後的時間寶貴——我到小說裡走了一圈，到理論裡兜了個風，到歷史裡盜了個墓。這是我遠隔在一片玻璃外的抒情散文，一種理論家們奉為圭臬的原地旅行。我將情緒集中在眼睛，像那些日本漫畫所熱愛的捂住一隻眼睛讓另一隻眼睛更能聚精滙神那樣，看見甚麼，就是甚麼。

—

在來台灣之前的哲學辦公室時光裡，老闆除了拉康外，講得最多的就是德勒茲：裝配，機器，游牧，抗爭。我帶著這半桶水的哲學概念來到台灣，後來才在書店裡慢慢拾回這些碎片，裝嵌進我的知識體系裡。最重要的一句話還是那個：就算我們不是建制派或權力中心，也有辦法創造獨特的價值。

這當然指向了德勒茲本身對於少數的關注，又或是個人的能量。在這個新自由主義籠罩全球的時代下，我們首先相信的是個人的解放價值，以及尚待開發的潛能。一如韓炳哲講的：我能夠，比起我應該，聽起來甜蜜得多了。我即使身處這裡，我亦能夠這個那個。我有圖書館裡的裝配，抗爭的裝配，文學獎與制度的裝配，儘管一直身處在學術階梯的邊緣，我也能夠自顧自的玩得很開心。

對於這些邊緣，左翼的拉克勞與墨菲強調了一個詞：Underdog。在他們眼中，Underdog是一種反抗的語言，「將社會分成兩個陣營，從而動員『敗犬』對抗『權勢中人』」。只不過敗犬這個翻譯實在太過日劇，有種唯美的朦朧感；香港稱之為魚腩，肉厚骨少容易食，對方要打殘它像食魚腩一樣簡單，但又違背了Underdog的反抗精神；又或可以稱為黑馬，不被看好但卻意外獲勝。來來去去都是動物，可能我們可以回到Underdog的詞源上：在十九世紀的鬥狗裡，兩條狗搏鬥一輪後，贏的在上面，稱之為Top

Dog，在下面的就是Underdog。實在難以翻譯，讓我們稱之為痞狗吧，一種胡作非為，一顆制度裡的腫瘤。

（痞狗動員）不是一種意識形態，無法歸分到特定的程式化內容。它也不是政治體系。它是做政治的方法，可按不同時空採取不同意識形態，亦能與不同體制架構兼容並存。「民粹接點」出現於主導統識在政治或社會經濟轉變的壓力下，因各種不滿訴求而失穩之時。在這樣的處境中，現存體制為了守護固有秩序而失落民心。如此，為統識提供社會基礎的歷史集團便會被拆解，我們便有可能建構新的集體行動主體——人民，重新配置曾被經驗為不公的社會秩序。

政治讓我們從無賴轉換為痞狗，那不是一瞬間的事，大抵是激發了些潛能，讓我們覺得不甘心只待在那裡。「無賴這個詞與道理、城市道路網、居住區的道路網或都市的道路網，從而與道路有著基本的聯繫。無賴的誤入歧途是基於錯誤地使用了街道，敗壞了街道，在街道上閒逛。」這是德里達的歸納，這樣很明顯地可以看見，「無賴」這個詞是從上而下的，是從統治者眼光看起來，沒有守秩序和生產力的就是官方定義的無賴。然而，作為身在弱勢的Underdog，著重的是裝配的生命力及延續性，是德勒茲的「沒有必要回到理論，我們要創造新的理論，我們還有其他事物要去創造〔⋯〕我的書應該被視為朝向外部的一副工具，如果不適合，那您就去找其他眼鏡，找到屬於您自己的工具，而後者必然是戰鬥工具。」如今我從人流變成狗，當不成無賴派，我很抱歉，但我希望這副工具還堪使用。

—

在《痞狗》寫到尾聲的時候，我回到了抒情散文的歷史，一種「我」的景觀，一種源遠流長的「喊痛」（黃錦樹語）。那不是我的興趣，又或說，我對社會的興趣遠大於對自己的興趣。如果我痛，肯定也有別人感到程度相若的痛，換句話說，我並不獨特。《痞狗》裡如果存在我的聲音，除了因為散文和自傳必然綁定以外，我的角色應該是個引線，一鑊熟全部炸個外脆內嫩。

我想像過一種無我的散文，無我的非虛構，其間字字屬實，童叟無欺。當中有情，但情在事中。又或說不是無我，而是最低限度。一種他人的景觀，複數的故事，事情的發生導致我寫散文。我的位置比事件低，從而讓「我」成為「我們」，讓一群我們在散文裡各自就座。換句話說，他思故我在，我寫故我們在，我們在故我寫。也許我寫能接駁到他思。

當然，讓理論回歸理論，實際的回到實際，一如上帝的歸上帝，凱撒的歸凱撒。散文實在是離巴特「作者之死」相當遙遠的文類了，我的存在從書封開始就無可削去。與其強扭理論便宜行事，我不如反其道而行直接講些補充資訊吧。以下是「我」的放題：《痞狗》收錄的文章最舊的在二〇二〇年發表過初稿，那時叫〈敲門，還是不敲？〉。後來送回原廠做內部整修，如今變成了〈故事貨幣〉。還有一篇轉寫自我的碩士論文，那時寫得一整個行雲流水，後來重看那些論點，真是危樓一般左支右絀。其他有一半都是二〇二三年寫的，離職的憤怒順利轉化成生產力，佛洛伊德的動力學是對的，中國的發憤以抒情也是對的。我想保持一個整齊的隊形，畢竟散文還是要放在散文集裡閱讀，無謂搞得像文青市集樣樣都來一點。港諺有云，This this and this。

成書的這幾個月由於無業，我捧著一顆無賴的心流連酒吧，與阿成在酒吧敲定了封面。他看我晚晚踢著木屐，還特地在封面圈起我的香港腳。所以書腰是用來除臭的。在酒吧裡的還有Eliot，不知道為甚麼每次喝醉了就會聊一堆齊美爾韋伯包曼，我社會學根基不好，就顧左右而言文學歷史哲學。上上下下左右左右AB，讀書擂台賽永永遠遠都是一件好事。《痞狗》是在中山的霓光酒吧裡調製出來的，我喜歡那裡像旺角東。這是一本醉酒後的剩餘物，夾雜著嘔吐物般的離職的餘慍。感謝在那邊看過我把自己組裝回來的每一個人。

感謝惠菁，我們最近的聯繫居然是《葬送的芙莉蓮》，真是始料未及。我也老是在想「天哪，我究竟是從哪來的」，通常是在迷路的時候。而我永遠迷途。現在是勇者齊美爾（Georg Simmel）死後一〇六年，如果散文能寫成他那樣，真是無憾了。不過他厲害的也不是手，而是眼睛。感謝唐捐，推薦序讀著讀著我的人稱就由他變牠了，難怪被辦公室的捕獸夾夾了個花開富貴。「我」的臉孔始終在散文裡無所不在，一個幽靈在散文上空盤旋，還狗模狗樣。我思故我在，我在我不在之處思，阿不思鄧不麗君。感謝編輯，他看過散文集最最最初的模樣，跟《煙街》一樣，從初稿到定稿幾乎是兩個物種。感謝白樵和九雲，幫我想出了瘖狗這個書名，不然underdog差點就被我翻成弱狗了，真他媽弱狗智。感謝Sampson幫我看過〈解剖城市〉，指出了陰暗處的灰塵。感謝刊出過《瘖狗》收錄文章的每家媒體。感謝幫我看過稿的每一位。感謝蕙慧姊。感謝郡榕。

這兩年來，我從文學中調頭出來，進入了歷史與理論的世界。世界相當寬廣，沒有道理只在一個學科裡觀察勘探。閱讀是一個驛站，我們各站停靠。有些休息站不錯就口耳相傳，有些鬼五馬六就奔走相告。偶爾在路上碰到了，就下車抽根煙喝罐咖啡，如交換禮物般互通情報，其後繼續各自上路。

參考書單

我的編輯跟我說：在最後加份參考書單吧，你不是當過編輯嗎？我說：我當過又不代表我想做這事，搞得像寫論文似的。他說：你這本還不夠像論文嗎？衷心感謝閱讀《痞狗》的你。①巴迪歐（Alain Badiou）：〈文學在思考甚麼？〉②巴特（Roland Barthes）：《批評與真實》、《羅蘭巴特訪談錄》、《羅蘭巴特論羅蘭巴特》③巴塔耶（Georges Bataille）：《情色論》④巴黎評論編輯部：《巴黎評論》⑤史密斯（Zadie Smith）：《白牙》、《簽名買賣人》、《論美》、《西北》、《搖擺時代》、《感受自由》⑥布朗肖（Maurice Blanchot）：〈文學如何可能？〉⑦伍德（James Wood）：《小說機杼》、《破格》、《私貨》⑧艾略特（Andrew C. A. Elliott）：《數字公民》⑨呂大樂：《四代香港人》、《香港模式》⑩拉克勞（Ernesto Laclau）：《解放》⑪昆德拉（Milan Kundera）：《一個被劫持的西方或中歐的悲劇》、《生命中不能承受之輕》、《小說的藝術》、《雅克和他的主人》、《無知》、《笑忘書》⑫格雷伯（David Graeber）：《狗屁工作》、《債的歷史》⑬索爾（Jacob Soll）：《大查帳》⑭陳冠中：《下一個十年》、《又一個時代》⑮特朗斯特羅默（Tomas Tranströmer）：《早晨與入口》⑯麥卡錫（Tom McCarthy）：《殘餘地帶》⑰麥基（Robert McKee）、格雷斯（Thomas Gerace）：《故事行銷聖經》⑱凱磊（Etgar Keret）：《忽然一陣敲門聲》⑲馮內果（Kurt Vonnegut）：《沒有國家的人》⑳黃錦樹：《論嘗試文》、《文與魂與體》㉑漢德克（Peter Handke）：《夢外之悲》、《守門員的焦慮》㉒齊佛（John Cheever）：《游泳者》㉓劉以鬯：《酒徒》㉔墨菲（Chantal Mouffe）：《寫給左翼民粹主義》㉕德里達（Jacques Derrida）：《無賴》㉖德勒茲（Gilles Deleuze）：《荒島，及其他文本》㉗魯賓（Jeff Rubin）：《我們成了消耗品》㉘駱以軍：《遣悲懷》、《西夏旅館》、《經驗匱乏者筆記》、《我未來次子關於我的回憶》、《女兒》、《匡超人》、《明朝》、《大疫》㉙韓炳哲（Byung-Chul Han）：《倦怠社會》、《暴力拓樸學》㉚韓森（Valerie Hansen）：《絲路新史》、《西元一千年》㉛薩瓦爾（Niki Saval）：《隔間》。

新火07

痞狗

①作者，沐羽。②封面以及內頁繪圖，柳廣成。③副社長，陳瀅如。④總編輯，戴偉傑。⑤主編，何冠龍。⑥行銷，陳雅雯、趙鴻祐。⑦封面設計，BERT。⑧內頁排版，立全。⑨出版，木馬文化事業股份有限公司。⑩發行，遠足文化事業股份有限公司（讀書共和國出版集團）⑪地址，231新北市新店區民權路108-4號8樓 ⑫郵撥帳號，19588272 木馬文化事業股份有限公司 ⑬客服專線，0800-221-029 ⑭客服信箱，service@bookrep.com.tw ⑮法律顧問，華洋法律事務所，蘇文生律師。⑯印製，呈靖彩藝有限公司。⑰初版一刷二〇二四年二月。⑱定價，380元。⑲ISBN 9786263145887（紙本），9786263145870(EPUB)，9786263145863 (PDF)。

特別鳴謝，陳蕙慧。

國家圖書館出版品預行編目(CIP)資料

痞狗 = Underdog years : I would prefer not can do / 沐羽作. -- 初版. -- 新北市 : 木馬文化事業股份有限公司出版 : 遠足文化事業股份有限公司發行, 2024.02

288面 ;13*19公分

ISBN 978-626-314-588-7(平裝)

855　　113000199